방어가 제철

트리플

방어가 제철

14

TRIPLE

안윤 소설

차례

달밤

생일상을 차린다고 며칠 전부터 분주했어요. 뭐 먹고 싶은 게 있냐고 소애에게 물었더니 칼칼한 육개장이 먹고 싶다고 하더라고요. 왜 하필 육개장일까. 매운 음식을 별로 좋아하지 않는 애가 웬일로 육개장이 다 당길까 싶었는데 예전에 소애가 했던 얘기가 떠올랐어요. 스무 살에 서울로 올라와 1년 정도 고모네 집에 얹혀 지낼 때 고모가 끓인 육개장이 칼칼하니 참 맛있었는데 객식구라 어쩐지 많이 먹기가 눈치 보였다고, 집에서 끓인 육개장을 실컷 먹어보고 싶다고 했었거든요.

고사리랑 토란대, 대파 팍팍 넣어서요.

주문이 구체적이더라고요. 그 애는 좀처럼 부탁을 하지 않거든요. 알고 지낸 지가 5년 가까이 되는데 손에 꼽을 정도니까요. 소애가 처음으로 했던 부탁이 기억나요. 며칠 신세를 질 수 있냐는 거였는데 먼저 사정을 말하지 않길래 말하고 싶지 않은가 보다 하고, 더는 묻지 않고 같이 지내기로 했죠. 그때 소애는 야간 아르바이트를 하고 있어서 집에서 마주칠 일도 거의 없었어요. 퇴근하고 돌아오면 깨끗하게 정돈된 집과 예약 취사를 해놓은 밥, 된장찌개나 계란말이 같은 반찬 두어 가지가 나를 기다리고 있었어요. 현관문을 열고 집으로 들어서서 집 안을 가득 채운 갓 지은 밥 냄새를 맡았던 늦은 저녁, 사람 사는 집 같다는 생각이 들더라고요. 그동안 내가 사람처럼 살지 못했다는 자각에 코끝이 빼근해졌어요.

소애는 새벽 3시가 넘어서야 들어왔어요. 나를 깨울까 봐 발소리를 죽이고 느릿느릿 움직이며 샤워를 하고, 두유를 한 팩 꺼내 마신 다음 잠이 들었죠. 열흘쯤 지나 소애가 지낼 방을 구했다고 캐리어에 짐을 정리하는데 왠지 섭섭하더라고요. 같이 가줄까? 했더니 혼자 갈게요, 했어요. 걸어서 15분 정도 떨어진 곳이라고 자주 놀러 오겠다고 하면서 제 몸통만 한 배낭을 지고 캐리어를 끌고 나갔어요. 어쩐지 그 애가 멀리 떠나는 것만 같아서 집 앞 골목까지 따라나섰어요. 가끔 그 애가 멀게 느껴질 때가 있어요. 내게 기대어 왔으면 할 때조차 고집스럽게 혼자이기를 자처할 때요. 그런 면이 언니를 닮았다는 생각을 종종 해요. 가파른 내리막길로 점점 사라지는 소애의 뒷모습을 한참 지켜봤던 기억이 나요. 그 밤에 떴던 달 모양도요. 방구석 어딘가에 잠자코 떨어져 있을 것 같은, 잘린 손톱 모양의 가는 그믐달이었어요.

언니. 언니는 거기서 어떻게 지내요?

육개장 만드는 법을 검색해보니 이게 만만치가 않겠더라고요. 일단 재료들을 다 넣고 끓일 만한 큰 냄비가 집에 없었어요. 혼자 사는 살림에 그런 냄비를 쓸 일이 없잖아요. 냄비를 하나 살까 싶어서 통장을 확인해봤죠. 퇴직금과 남아 있는 실업급여를 합쳤는데도 잔액이 초라하지 뭐예요. 잔액을 보고 나니까 되레 번듯한 냄비 하나 꼭 장만해두고 싶어지더라고요. 이때가 아니면 또 언제 살까 싶고요. 쇼핑몰을 구경하는데 냄비 종류가 그렇게 다양하다는 걸 새삼 알게 됐어요. 신세계더라고요. 이만큼 살아왔어도 모르는 세계가 여전히 많다는 게 놀라워요. 냄비 안쪽이 코팅되어 있고 압력솥처럼 뚜껑을 잠글 수 있는 것으로 골랐어요. 편수냄비와 세트로 사도 가격 차이가 얼마 안 나서 에라, 하고 비장하게 결제를 눌렀죠. 그게 쇼핑의 신비잖아요. 하나보다는 둘이 더 저렴할 때가 있고, 양이 적은 것보다 많은 게 더 쌀 때가 있잖아요. 그런 상품을 발견하면 일단 장바구니에 담긴 하는데 결제하려고 보면 씁쓸해져요. 지금 당장 필요하지 않은 물건들을 이 비좁은 집에 쌓아둘 걸 생각하면요. 물건은 쌓여 있는데 내 가난은 외려 더 불어나 있는 기분이랄까요. 1인분의 삶이라는 건 소비를 하기에도 비축을 하기에도 적당하지 않은 것 같아요. 지금도 싸다고 사놓은 치약이며 휴지, 짜장라면, 생리대, 기억나지 않는 물건들이 집 구석구석을 채우고 있어요.

육개장 재료는 그저께 마트에 가서 사 왔어요. 신선식품이니까 또 생일상이니까 직접 보고 고르고 싶었어요. 토란대가 없어서 대신 숙주를 샀어요. 요즘 대파는 한 단에 8천 원이 넘어요. 한우 양지머리에 고춧가루, 곁들여 마실 술, 소애가 좋아하는 팥소가 든 찹쌀떡과 흰 절편, 필요한 것 몇 가지를 담았더니 금세 10만 원이 넘었어요. 언젠가 언니가 그랬죠. 버는 돈하고 쓰는 돈이 가치가 다른 것 같다고요. 버는 건 변비 같고 쓰는 건 숨 쉬는 것 같다고요.

지금도 가난하긴 마찬가지지만 우리 학교 다닐 때는 정말 돈이 없었잖아요. 학교 근처에 있던 카페 상파울로에서 비엔나커피를 한 잔씩 시켜놓고 네다섯 시간은 기본으로 앉아 있었잖아요. 블랙으로만 마시면 속이 쓰리니까 비엔나커피를 마시라고, 크림이 있으니까 속도 든든해지고 리필도 해준다고 말하던 언니의 표정과 진지한 말투가 아직도 생생해요.

둘 다 돈이 없어서 배가 고파도 먼저 밥 먹자는 얘기를 잘 안 꺼냈잖아요. 그러다 누군가 밥을 사는 날이면 특별한 이벤트라도 되는 것처럼 설레곤 했죠. 졸업 후에도 언니는 희곡 써서 받은 돈, 시나리오 써서 받은 돈, 다른 일로 번 것 말고 글 써서 번 돈이 생기면 꼭 나한테 밥을 사줬어요. 일본식 돈가스 정식이나 양념갈비, 해물탕 같은 걸 사주면서 늘 그랬잖아요. 아프지 마. 안 아픈 게 최고야. 요즘 내가 소애에게 가장 많이 하는 말이 그거예요. 아프지 마. 안 아픈 게 최고야. 안 아픈 게 돈 버는 거야.

그때를 생각하니까 슬픈데도 왠지 웃음이 나요. 지나온 일이니까 그런 걸까요. 아니면 너무 오래 그런 기억들과 함께 살아와서 그런 걸까요. 5, 6년 전쯤인가 언니와 카페 상파울로 얘기를 했었잖아요. 우리 진짜 진상이었지. 그때 주인아저씨가 정말 좋은 분이었어. 내가 주인이면 우리 같은 손님 싫었을 텐데. 그렇게 말하면서 언니도 웃었죠. 웃다가 내 빈 잔을 내려다보며 언니가 그랬어요. 그러고 보니 우리 일관되게 가난하네. 빈 잔을 채워주며 언니가 쓰게 웃었죠. 언니가 시나리오 계약금을 받아서 대패삼겹살 식당에서 술을 샀던 그날이 가끔 생각나요. 우리는 우리 가난을 안주 삼아서 새벽까지 술을 마셨죠. 그날 소주가 왜 그리 달았나 몰라요. 술이 달면 늙은 거라면서요. 내가 언니 빈 잔을 채우며 그랬죠. 술이 써도 늙어. 술맛을 몰라도 늙고. 다 늙어.

그날 후로 한참 동안 언니를 만나지 못했어요. 전화를 걸어도 문자 메시지를 남겨도 연락이 닿지 않았는데 크게 걱정하지는 않았어요. 언니는 종종 그렇게 사라지곤 했으니까. 세상에서 흔적을 지워버린 사람처럼 지내다가 어느 날 불쑥 밥 먹을까, 하고 연락해오곤 했으니까요. 그때 난 언니가 본래 그런 사람이라고만 생각했어요. 왜 더 깊이 의문을 가지지 않았을까요. 언니를 믿어서, 아니 믿고 싶어서였을까요. 아니, 나 하나 감당하기 벅차서, 비겁한 줄도 모르고 비겁해서 그런 거였겠죠. 그렇게 시간이 흐르는 사이 나는 아르바이트를 하면서 사회복지사 공부를 시작했어요. 솔직히 사회복지사에 무슨 뜻이 있어서는 아니었고 뒤늦게라도 직장다운 직장, 안정된 밥벌이를 해야겠다는 생각에서였어요. 그때 언니가 곁에 있었다면 언니는 아무 말 없이 나를 건너다보다가 물었겠죠. 언니한테만은 듣고 싶지 않은 그 말을 언니는 하고 말았을 거예요.

그래도 계속 쓸 거지?

소애가 도착하려면 다섯 시간 정도 남아 있었는데 육개장을 끓이는 건 처음이라 준비를 시작했어요. 요즘은 뭐든 천천히 하려고 해요. 딱히 급할 게 없기도 하고, 급한 일이 생겨도 일부러 천천히, 천천히, 주문을 외우면서 해요. 밥 먹을 땐 밥만 먹고 텔레비전 볼 땐 텔레비전만 봐요. 그랬더니 조금씩 생각이란 걸 다시 하게 되더라고요. 요즘 생각에 잠길 때면 언니 생각을 자주 해요. 언니 생각을 할 때는 언니 생각만 해요.

레시피를 찾아보니까 먼저 고기 핏물을 빼야 한다고 하더라고요. 양지머리를 물에 담가뒀어요. 사실 이렇게 질 좋은 한우는 처음 사봐요. 고기 자체를 잘 사지 않기도 하지만요. 주로 반조리 식품을 사거나 배달음식을 시켜 먹으니까 육질을 눈으로 직접 볼 일이 거의 없었죠. 그마저도 퇴사한 후에는 하루에 한 끼는 채식으로 먹으려고 노력하고 있어요. 재료를 씻고 썰고, 볶거나 삶는 일이 인생 마지막 과제인 것처럼 정성을 다해서 요리를 해요. 만든 음식은 수행하듯 정성을 다해서 먹어요. 내가 인생에서 중요하다고 여겼던 것들의 목록이 바뀌어가고 있다는 생각을 요즘 부쩍 자주 해요.

핏물이 빠지는 동안 육개장과 반찬에 쓰일 재료들을 씻고 다듬었어요. 핏물을 뺀 고기를 물로 헹구는데 그래도 생일인데 미역국이 있어야 덜 섭섭하겠다 싶더라고요. 고기를 3분의 1 정도 따로 떼어두고, 찬장에서 마른미역을 꺼내 물에 불려놓았어요. 시간이 넉넉할 줄 알았는데 그렇지도 않겠더라고요. 나물 세 가지에

전까지 부치려면요. 욕심을 과하게 부렸던 것인지도 몰라요. 그래도 꼭 한 번은 이렇게 한 상 떡 벌어지게 차려보고 싶었어요. 어디까지나 내 수준에서지만요.

그저께부터 불려둔 고사리가 제법 나근나근해졌더라고요. 삶아서 먹기 좋게 자르고, 무도 나박나박, 대파도 길쭉길쭉 썰고 숙주도 씻어 채반에 받쳐두었어요. 매운 고춧가루를 넣어서 양념장도 만들었고요. 새로 산 냄비에 물을 받아 양파, 파 뿌리, 통후추를 넣고 양지머리를 삶았어요. 불 앞에 서서 국자로 거품을 꼼꼼하게 걷어내며 육수가 우러나는 걸 지켜봤는데 어느새 한 시간이 후딱 지나 있더라고요. 퇴사하고 나서는 시간이 그렇게 흘러요. 수세미로 부엌 후드를 청소했더니 한 시간, 물에 락스를 풀어 욕실을 청소했더니 두 시간, 옷장에서 안 입는 옷을 골라냈더니 세 시간, 그런 식으로 시간이 뭉텅뭉텅 잘려 나가요. 이따금 엄마가 전화해서 물어요. 뭐 하고 있냐고. 그럼 매번 같은 대답을 해요. 있어. 그냥 있어.

일과가 단순해졌어요. 이상하죠. 바쁘게 살 때는 하루가 참 더디게 갔는데 말이에요. 퇴근하고 돌아와 시 한 편 쓰겠다고 새벽까지 앉아 있으면 시간이 내게 짓궂은 장난을 치는 것 같았거든요. 시도 잠도 미래도 오지 않을 거라고, 다만 늙어갈 거라고 내게 말하는 것 같았거든요. 시를 생각하지 않아도 쓰지 않아도, 읽는 것조차 하지 않아도 하루가 가요. 실은 너무나 잘 가요. 기어코 가고 만다는 건, 가면 영영 돌아오지 않는다는 건 불안한 안심 같은 거더라고요. 불행한 행복 같은 거요. 언니, 내가 다시 쓸 수 있을까요. 내 시와 화해할 수 있을까요. 아, 너무 내 얘기만 늘어놓고 말았네요.

언니, 거기 하루는 어떻게 흘러가요?

삶은 양지머리를 한 김 식히고 결대로 찢어놓았어요. 어느 요리 블로그를 보니까 육수 냄비를 베란다에 내놓으면 기름이 위로 뜬다고 해서 그렇게 해봤어요. 베란다 냉기에 서서히 기름이 굳더라고요. 생각해보면 당연한 건데 그런 사소한 걸 직접 해보면 정말 신기한 거 있죠. 베란다로 나간 김에 창밖도 한번 내다봤어요. 며칠 전 내린 눈이 아직 다 녹지 않았더라고요. 올겨울엔 눈이 자주 내렸네요. 눈이 오면 이 동네가 참 예쁘잖아요. 언덕 위 집에 사는 몇 안 되는 장점이에요. 육수 위에 뜬 기름을 걷고 육개장에 들어갈 채소를 양념장에 버무렸어요. 준비한 재료를 모두 냄비에 넣고 끓이기만 하면 완성이라니, 뭐 대단한 일을 한 것도 아닌데 괜히 뿌듯하더라고요. 한 시간 넘게 푹 끓였다가 소애가 오기 전에 한 번 더 데우면 딱 알맞을 것 같았어요.

언니에게 소애 얘기를 몇 번 한 적은 있지만 우리가 함께 만난 적은 없었죠. 언니와 오랜만에 만나 이런저런 얘기를 나누다가 내가 소애 얘기를 꺼내면 언니는 아, 그 음악 하는 친구? 하고 장단을 맞춰줬어요. 때때로 상상해보곤 해요. 우리 셋이 만났다면 어땠을까. 내가 좋아하고 또 부러워하는 두 사람과 함께 술자리를 만들어 서로를 소개해줬다면 어땠을까 하고요. 언니와 소애는 되찾은 반쪽처럼, 물에 스며드는 잉크처럼 서로에게 이끌렸을까요. 우리가 함께한 술자리에서 나는 홀로 은근한 소외감을 느꼈을까요. 어쩌면 그런 옹졸한 내 속내가 나도 모르는 새에 나 자신을 속이고 셋이 만나는 자리를 피했는지도 모르겠다는 생각을 뒤늦게야 했어요. 나는 두 사람 사이에서 내가 작아질까 봐 겁을 먹었던 거예요. 두 사람이 내게 보내는 애정을 조금도 뺏기고 싶지 않았던 거죠. 나 참 우습죠.

소애를 어떻게 알게 됐는지 언니에게 자세하게

얘기한 적이 없는 것 같아요. 사회복지사를 준비하면서 광화문에 있는 한 카페에서 아르바이트를 할 때였어요. 꽤 알려진 곳이었죠. 소애와 나는 같은 아침 근무조였어요. 아침 근무조만 일곱 명인 작지 않은 매장이었는데 출근 시간이면 난리도 아니었죠. 아이디카드를 목에 건 직장인들이 커피를 사러 몰려와 줄을 섰어요. 2분 30초 안에 주문받은 음료가 나가야 했기 때문에 정신이 하나도 없었죠. 작은 실수도 주문이 밀려드는 상황에서는 큰 구멍이 되곤 하니까요. 다행히 같은 근무조 친구들이 대부분 베테랑이어서 호흡이 잘 맞는 편이었어요. 특히 소애와 잘 맞았어요. 언니도 여러 아르바이트를 전전해봐서 알잖아요. 일터에서 일 호흡이 잘 맞는 사람을 만나는 게 얼마나 어려운지요. 뭔가를 해주었으면 할 때 이미 소애가 그 일을 해놓고 벌써 다른 일을 하고 있곤 했어요. 소애는 귀신같달까, 네다섯 수 앞을 보는 것 같았어요. 매장에서는 다들 소애를 좋아했어요. 다른 조에서 알바 펑크가 나면 가장 먼저 소애에게 연락할 정도였으니까요. 소애는 지금도 말수가 적은 편이지만 그때는 더했죠. 늘 묵묵하고 눈치가 빠른, 몸집이 작은 그 애가 매장 구석구석을 오가며 에스프레소를 뽑고 쓰레기를 치우고 조각 케이크를 포장하는 모습을 볼 때면 잘 길든 기계처럼 조용하고 매끄러워 보였어요. 단둘이서 긴 대화 한번 나눠본 적 없었을 때도 그 애가 살아온 내력이 보이더라고요. 노동에 숙련된 몸, 어떤 환경에든 자신을 기꺼이 끼워 맞출 줄 아는 마음 같은 거요. 그건 네가 그런 사람이라서 보이는 거야. 아마도 언니는 그렇게 말하려나요.

폭풍 같은 출근 시간이 지나고 나면 점심시간까지 잠깐 여유가 생겼는데 그럼 한 사람씩 돌아가면서 짧은 휴식을 가졌죠. 소애는 맞은편 건물 후문에 있는 비공식적인 흡연 구역까지 가서 담배를 태우고 들어오곤 했어요. 소애가 노래를 만들고 부른다는 걸 알았을 때 내가 물었죠. 담배를 피워도 괜찮으냐고요. 소애가 희미하게 웃었어요. 당연히 안 괜찮죠. 그래도 일단은 숨을 좀 쉬어야 하잖아요. 그 애는 담배 한 갑을 사서 거의 한 달 동안 피웠어요.

언니, 생각나요? 같이 술을 마시다가 언니가 담배를 태우러 나가면 나도 따라서 밖으로 나가곤 했잖아요. 담배를 끼운 언니의 두 손가락과 자욱하게 번지는 연기를 멍하니 지켜보곤 했잖아요. 그럼 언니는 간접흡

연이 더 위험하다고 들어가라고 하면서도 결코 서두르는 법 없이, 필터 끝이 타들어갈 때까지 아주 천천히 담배를 피웠잖아요. 연기를 뿜으며 위를 올려다보는 언니 얼굴은 마치 하늘에 모르는 단어가 쓰여 있기라도 한 것처럼 호기심으로 가득했어요. 간혹 달이 떴네, 아니면 달이 없네, 하고 혼잣말하듯 중얼거렸죠. 그런 언니를 건너다볼 때면 내가 언니를 사랑하고 있는 게 아닐까, 속으로 나한테 묻곤 했어요.

소애는 요즘 앨범 준비 때문에 안국동에 있는 브런치 카페에서 설거지 아르바이트를 해요. 일자리를 구하고서 하루에 네 시간만 일하면 되고 보수도 센 편이라고 좋아했죠. 일한 지 한 달쯤 지났을까요. 소애에게 전화가 왔는데 대뜸 한숨을 쉬었어요.

언니. 사람들이 음식을 정말 많이 남겨요. 설거지도 설거진데 버리는 게 일이에요. 버려지는 음식을 계속 보는 게 이렇게 마음을 힘들게 할 줄은 몰랐어요. 뭐랄까. 너무 쉬워요. 버리고 버려지는 게요.

육개장이 예상했던 것보다 제법 맛있게 끓여졌어요. 육개장이 끓는 동안 작은 냄비에 미역국도 끓였죠. 미역국은 곧잘 해 먹는 편이라 쉽게 끓였어요. 시금치와 콩나물을 데쳐 무치고 무나물도 볶았어요. 두부는 들기름을 두르고 넓적하게 구웠고요. 애호박전은 언젠가 예능 프로에서 본 것을 따라 해봤어요. 다른 과정은 다 똑같은데 납작납작 썬 애호박 속을 동그랗게 파내고 그 안에 명란젓을 넣어 부치는 거예요. 엄마가 보내준 김치도 썰고 한 팩에 2만 원 가까이 하는 금실 딸기도 씻어두었죠. 잊을까 봐 마트에서 사 온 떡도 꺼냈어요. 언니도 딸기를 좋아했죠. 비싸서 혼자 있을 땐 안 사 먹고 나한테 놀러 올 때나 산다고 했었잖아요.

딸기 하니까 생각나요. 재작년에 소애랑 사천 본가에 다녀온 적이 있어요. 큰아버지가 사천에서 딸기 하우스를 크게 하시거든요. 부모님이 20년 넘게 하던 세탁소를 접고 낙향한 지 얼마 안 됐을 때예요. 한번 내려오라고 엄마한테 여러 번 전화를 받기도 했고 소애와 짧게라도 여행을 다녀오면 좋겠다 싶었거든요. 그즈음 소애는 착 가라앉아 있었어요. 앨범을 내려던 계획이 이런저런 사정으로 엎어지고 3년 정도 만났던 애인과도 헤어졌죠. 게다가 치과 치료 때문에 예상치 못한 큰 돈이 나간 상태였어요. 밤마다 잠을 제대로 이루지 못해서 부쩍 야위었고요. 그 와중에 아르바이트며 기타 강습을 쉴 수가 없으니 몸도 마음도 괜찮을 리가 없었죠. 내가 돈이라도 많으면 급한 데 쓰라고 얼마쯤 쥐여주고 싶은데 그럴 수가 있어야죠. 대신 만날 때마다 연금복권을 세 장씩 사줬어요. 무력하더라고요. 내가 할 수 있는 게 그 애 안색을 살피거나 괜찮냐고 묻거나 아니면 아무것도 묻지 않는 것뿐이라는 게요. 말이, 언어가, 시가 다 무슨 소용인가 싶었죠. 그러다가 어느 날엔가 다소 충동적으로 소애에게 말했어요. 나 부탁이 있는데. 본가에 같이 가줄래?

본가에 머무는 내내 소애와 나는 일꾼들처럼 열심히 일만 했어요. 큰어머니와 엄마가 차려주는 세끼에다 새참까지 꼬박꼬박 받아먹으면서 딸기를 따고 상자를 접고 딸기를 포장하고 상자들을 옮겼죠. 저녁상을 물리고 나면 누가 먼저랄 것 없이 곯아떨어졌고요. 큰아버지가 놀러 와서는 뭘 그렇게 본격적으로 일을 하냐면서 일당을 두둑이 챙겨주셨을 정도니까요. 달큼한 냄새로 가득한 비닐하우스 안에서 붉게 영근 딸기를 똑똑 따면서, 간혹 못난이 딸기는 입 속에 넣기도 하면서 다른 고랑에서 일하고 있는 소애를 힐끔 쳐다봤어요. 소애는 손등으로 연신 이마를 훔치면서 딸기를 한 알 한 알 야무지게 따고 있었죠. 얼굴빛이 상기되어 보이는 것도 같았어요. 내 착각이었는지도 모르지만요. 서울로 올라와서 우리는 며칠 허리를 앓았어요. 서로 허리에 파스를 붙여주면서 깔깔거리며 웃었던 기억. 자고 가라는 내 말에 그래도 잠은 내 집에서 자야죠, 하며 현관에서 신발을 신던 소애. 소애가 현관문을 열다 말고 잘 자라며 나를 안았어요. 소애와 내 품 사이에서 매우면서도 시원한 파스 냄새가 났어요. 언니와 함께 갔어도 참 좋았을 거예요. 언니가 썼던 시나리오의 한 장면에 딸기 하우스가 나왔을지도 모르죠.

음식을 그릇에 담아 상을 차리기 시작했어요. 전기밥솥이 쉭쉭거리며 뜨거운 김을 뿜어냈죠. 냉장실에 있던 소주를 냉동실로 옮기고 평소엔 잘 쓰지 않는 수저받침대도 꺼내 상 위에 숟가락과 젓가락을 나란히 놓았어요. 작은 상이 빈틈없이 가득 찼어요. 어질러진 부엌을 정리하고 머리를 고쳐 묶었어요. 손을 씻고 있을 때 현관문 두드리는 소리가 났어요.

와, 잔칫상이네요.

김이 오르는 육개장 그릇을 받으며 소애가 웃었어요. 입을 동그랗게 오므리고 오오, 하면서 밥상을 둘러보기만 했죠.

먹자.

먹기 아까운데요.

아까울 것도 많다. 소주?

아, 더 좋은 게 있어요.

소애가 배낭에서 상자 하나를 꺼내 내밀었어요.

술에서 그윽한 배 향이 난대요.

샀어?

네. 언니도 좋아할 것 같아서요.

안 아끼고 잘했네. 고맙네.

작년에도 언니가 생일상 차려줬잖아요.

그랬네. 내년에도 내가 차리려고.

소애가 우하하 웃으면서 내 빈 잔에 술을 따랐어요. 나도 소애의 빈 잔에 술을 따랐죠.

축하해, 전소애. 태어난 거, 살아온 거, 살아 있는 거, 다.

우리는 잔을 맞부딪친 다음 코를 잔 가까이 대고 냄새를 맡았어요. 그윽한 술 향기에 둘 다 눈이 커졌죠. 첫 잔을 깨끗하게 비운 소애가 말했어요.

호사가 따로 없네요.

언니. 소애는 술에 취하면 노래를 불러요. 기타가 있어도, 기타가 없어도 노래를 해요. 말수를 아껴두었다가 노래를 하나 봐요. 혼자서 이 노래 저 노래를 끊이지 않고 불러요. 이소라, 장필순, 오소영, 정밀아. 만나본 적도 없는 가수들의 노래를, 우리 언니들의 노래라고 하면서요. 노래할 때 소애 목소리는 말할 때와는 사뭇 달라요. 맑고 가녀린데도 더 단단해요. 듣고 있으면 말보다는 노래를 해야 하는 사람이구나 납득이 가요. 내가 그거 불러줘, 하면 소애가 불러주는 노래가 있어요. 언니도 잘 알 거예요. 그 노래를 내게 알려준 사람이 언니였으니까요.

사라지지 말아요 제발 사라지지 말아*

나는 늘 그 부분에서 울컥 마음이 솟구쳐요.

사라지지 말아요 제발 사라지지 말아

홀로 방에서 아니면 길거리에서, 인적 드문 어

* 디어클라우드, 〈사라지지 말아요〉, 앨범 《Take The Air》 수록곡, 2010.

느 바닷가나 산 중턱에서 그 노래를 들었을 언니를 그려봐요. 이 노래 한번 들어보라고 내게 말했던 언니 마음을 짐작해봐요. 그려보고 짐작해볼수록 나는 아무것도 알 수 없게 돼버려요. 왜 그때는 언니에게 물어볼 생각을 하지 못했던 걸까요.

언니. 묻고 싶은 게 있어요. 지난 1년 동안은 차마 물을 수가 없었거든요. 그랬는데, 오늘은 취기를 빌려볼까 봐요. 그윽한 배 향이 나는 이 술은 꽤 독해서 소애와 나는 금세 취해버렸거든요. 소애는 혼자 노래를 부르다가 깔깔 웃다가 훌쩍거리다가 지금은 내 침대에 기대어 자고 있어요. 누워서 자라는데도 말을 안 듣고 괜찮다면서 정말 바닥이 좋다면서, 고개를 푹 떨어뜨리고 정수리를 보이며 졸고 있어요. 나는 거실 창을 활짝 열어요. 바람이 밀고 들어와 배 향을 바깥으로 데리고 나가요. 찬 공기를 들이마시며 소애와 먹었던 상을 치워요. 그릇과 수저를 개수대에 담그고 육개장 국물과 딸기 꼭지가 떨어져 있는 상을 행주로 닦아요. 가스 불을 켜고 육개장과 미역국을 다시 데워요. 찬장에서 깨끗한 밥그릇과 국그릇, 반찬 접시를 꺼내요. 수저 한 벌도요. 한 사람을 위한 상을 정성을 다해 차려요.

작년 소애 생일에 소애는 모처럼 잡힌 공연 때문에 지방에 가 있었어요. 우리는 생일 다음 날인 토요일에 만나기로 했어요. 몇 달 만에 만나는 거라 우리 집에서 느긋하게 밥을 먹기로 했죠. 배달음식을 시켜 먹을까 하다가 장을 봐서 간단하게라도 생일상을 차려줘야겠다 싶었어요. 자그마한 케이크도 하나 샀어요. 퇴사를 보름 정도 남기고 있던 때라 몸은 고달파도 마음은 느긋했죠. 여느 날처럼 텔레비전 예능 프로도 보고, 침대에 누워 책도 좀 읽다가 졸음이 밀려와 스탠드를 끄고 누웠어요. 11시가 조금 넘어서 모르는 번호로 전화가 걸려 왔어요. 핸드폰 너머에서 낯설면서도 아주 익숙한 목소리가 들려왔어요. 저, 최은주 큰언니예요.

그 밤, 택시를 타고 부천에 있다는 언니에게 갔었잖아요. 그날 내 모습 너무 바보 같았잖아요. 언니도 봐서 알죠. 조의금을 챙겨 가지 못해서 현금인출기를 찾아 헤매다가 계단에서 넘어지고, 무릎이 벌겋게 까져서 언니한테 절도 제대로 못 했잖아요. 언니 앞에서 고개도 못 들고 눈도 못 맞췄잖아요. 겨우겨우 떨리는 손으로 향을 꽂다가 향을 부러뜨리고 말았잖아요. 언니를 알고 지냈다는 낯모르는 사람들 틈에서 미지근한 육개장을 떠먹으며 앉아 있었잖아요. 질긴 대파를 오래 씹으면서 사람들이 하는 얘기를 들었잖아요. 옆자리에서 언니를 두고 이러쿵저러쿵 떠드는 말들이 들려오는데, 하나같이 정확한 사실은 없고 무례하기 짝이 없어서, 가서 면전에 소주를 뿌리고 싶은 걸 참고만 있었잖아요. 분명했던 건, 그 자리에 있는 어느 누구도 언니에 대해 정확히 알지 못했다는 거예요. 나조차도요.

장지에는 가족만 가길 원한다고 들었어요. 이른 아침에 집으로 돌아오는 택시에서 본 서울 거리, 내가 사는 익숙한 동네는 아무것도 달라지지 않은 채로 완전히 달라져 있었어요. 이제 다시는 돌이켜지지 않을 세상, 언니가 남기고 간 나머지의 세상이 나를 기다리고 있었어요. 그것을 내 몫으로 인정해야만 했어요. 인정할 수밖에 다른 도리가 없었어요. 살아 있는 나는 이제 뭘 해야 할까. 언니가 없는데, 언니가 스스로 없기를 원했는데 살아 있는 나는 뭘 할 수 있을까. 살아 있는 나는, 살아 있으니 살아. 살아서 기억해. 네 몫의 삶이 실은 다른 삶의 여분이라는 걸 똑똑히 기억해. 그렇다고 너무 아끼지도 말고 너무 아까워도 말고, 살아 있는 나를 아끼지 말고 살아. 집에 와 외투를 입은 채로 책상 앞에 앉아 수첩에 그렇게 썼어요. 날짜를 보니 거의 2년 만에 쓴 메모더라고요. 몇 시간 전, 언니 앞에서도 나오지 않던 눈물이 쉼 없이 쏟아졌어요.

커튼을 치고 침대에 아무렇게나 누웠어요. 눈이 따끔거리고 허리며 팔다리가 쑤셔왔어요. 살아 있어서 아픈 거였죠. 내 몸뚱이의 감각들이 이런 순간에조차 선명하다는 게, 아니 평소보다 더 날카롭다는 게 참을 수가 없더라고요. 이불을 뒤집어쓰고 한참을 또 울었어요. 그때 소애에게 문자 메시지가 연달아 왔어요.

언니, 서울에 늦게 도착할 것 같아요. 오늘은 좀 봐줘요.

생일이니까.

울다가 깜빡 잠이 들었죠. 12시쯤 일어났어요. 커튼을 걷으니 방 안으로 노란 햇빛이 쏟아져 들어왔죠. 씻고 집을 정리하고, 방바닥에 아무렇게나 벗어둔 검은 정장도 도로 옷걸이에 걸었어요. 3시쯤 도착한다는 소애를 맞을 준비를 했어요. 쌀을 씻으면서 생각했어요. 생일이니까, 오늘 말고 다음에. 오늘은 생일이니까.

그렇게 1년이 지나가버렸네요. 실은, 말하기가 무서워서였는지도 몰라요.

상을 창가로 옮기고 어제 사다 놓은 흰 전지를 깔아요. 음식이 담긴 접시를 하나씩 올려요. 육개장, 미역국, 밥, 시금치무침, 콩나물무침, 무나물, 애호박전, 두부부침, 찹쌀떡, 절편, 딸기. 그리고 언니가 좋아하는 냉동실에서 막 꺼낸 차가운 소주, 늘 태우던 담배 한 갑.

언니. 그날로부터 줄곧 언니에게 묻고 싶었던 말을 오늘도 하지 못할 것 같아요.

침대 방에서 소애가 코 고는 소리가 나직하게 들리네요. 숨을 들이마시고, 숨을 내뱉는 소리가 담담하게 부르는 노래처럼 들려와요. 그 소리에 안심이 돼요.

은주 언니. 거기 있어요? 오늘 언니는 내 얼굴 볼 텐데 나는 또 못 보겠네요. 왔으면 서 있지만 말고 앉아서 한술 뜨고 가요. 늘 하던 것처럼 곁에서 천천히 담배도 한 대 태워요. 여기 하늘도 좀 올려다보고요.

달이 떴네

방어가 제철

정오를 다시 만난 것은 엄마가 떠나고 넉 달이 흐른 뒤였다. 12월 둘째 주 금요일이었고 탁한 저녁 하늘 아래 성긴 눈발이 날렸다.

번화한 도심으로 외출을 나온 것은 오랜만이었다. 엄마가 운영하던 반찬가게의 조리실 내부 공사를 마치고 재오픈한 지 한 달 남짓 되었던 터라 그간 쉴 틈이 없었다. 집과 가게만 오갔다. 집에서 가게까지는 걸어서 5분 거리여서 내 일상은 시장과 반찬가게와 이모들과 함께 사는 집, 그 좁다란 테두리 안에 머물러 있었다. 갑갑하지는 않았다. 이모들은 아직 젊은 애가 별나

다며 고개를 젓곤 했지만 나는 단순한 생활이 주는 명료함이 좋았다. 해야 할 일이 분명하게 정해져 있는 내일을 예상하며 잠자리에 누우면 안심이 됐다. 금요일 저녁에 자리를 비워도 괜찮겠냐고 묻자 이모들은, 숨겨둔 애인이 있었어? 언니는, 재가 숨길 데가 어디가 있어? 맨날 가게랑 집밖에 모르는데, 하면서 깔깔거렸다. 너 없다고 큰일 안 나. 실컷 놀다 와. 큰이모 말에 작은이모가 거들었다. 안라야, 너 그냥 하루 쉬어라. 너 없을 때 네 흉 좀 보게. 뭐가 그리 우스운지 두 사람은 배추 겉절이를 무치다 말고 어깨를 들썩이며 웃었다.

잘 있나?

가게 문을 열기 전 일회용 용기에 멸치볶음을 옮겨 담고 있을 때 정오에게서 문자 메시지가 왔다. 전화번호를 저장해두지 않았는데도 알 수 있었다. 나는 프라이팬 안쪽에 붙은 잔멸치를 나무 주걱으로 느릿느릿 긁어모으면서 메시지 확인을 미루었다. '잘 지내?'나 '잘 있니?' 그는 그렇게 묻지 않고 마주 선 채로 눈길을 피하는 사람처럼 잘 있나, 하고 묻는 사람이었다. 반찬 용기들의 뚜껑을 닫아 쇼케이스에 집어넣고 라텍스 장갑을 고무장갑으로 바꿔 꼈다. 조리대를 행주로 훔치고 수세미에 거품을 내 프라이팬을 닦으면서 지난여름 장례식 장 뒷마당에서 고개를 돌려 담배 연기를 내뿜던 그의 옆얼굴과 땀에 젖은 이마, 고깃고깃한 검은 양복을 떠올렸다. 그는 내 인중께를 보며 물었다.

잠은 좀 잤나?

22년 만에 찾아온 폭염이라고 했다. 그 여름, 모기도 말라 죽는다는 무더위 속에서 엄마의 장례를 치렀다. 친척 어른들의 만류에도 이모들이 악다구니를 써서 내가 상주 완장을 받았다. 얘 아니면 누가 해요? 자식은 얘 하난데 얘가 해야지, 누가 해. 이모들은 단호했다. 엄마는 재발한 간암으로 항암 치료와 간 이식 수술, 이후 수술 후유증과 합병증으로 3년 가까이 병상에 누워 있었다. 병원에서는 어려운 케이스라고 했다. 운이 나쁘다고 했다. 무엇보다 환자의 의지가 중요한데 알코올성 치매 증상까지 나타나고 있다고도 했다.

임종은 몇 번인가 아주 가까이 엄마에게 다가왔다가 물러갔다. 나는 그만 엄마가 편안해지기를 바랐다. 그러면서도 동시에 언제까지나 곁에 머물러 있어주기를 바랐다. 그 두 개의 희망이 내 안에서 같은 무게로 번

갈아 가라앉을 때마다, 그 일렁임이 내 삶에 멀미를 일으키고 차라리 절망의 편으로 도주하고 싶을 때마다 나는 오늘이 아닌 앞으로의 일들을 생각했다. 내가 해야 할 일이 무엇인지를 손꼽아보았다. 마땅한 상조와 장례식장을 미리 알아보고, 틈틈이 조문객 명단을 핸드폰 메모장에 적어놓았다. 그건 내가 두려움을 외면하는 방식이었고 누구에게도 털어놓지 못한 비밀이었다.

임종에 가까워진 며칠 동안 엄마는 섬망에 시달렸다. 간헐적으로 고함을 지르고 오빠와 내 이름을 불렀다. 울부짖고 온몸을 떨었다. 내가 보지 못하는 것을 보고 듣지 못하는 것을 들었다. 뭐가 보이는데, 엄마? 물으면, 엄마는 공포에 질린 거무튀튀한 얼굴로 나를 돌아보면서도 나를 전혀 알아보지 못했다. 두 개의 동공. 더는 빛을 받아들이지 않으려는, 안쪽에서 잠겨버린 어둑한 내부. 그 검은자위 속에 나 좀 봐, 애원하는 작은 내가 들어앉아 있었다. 나 좀 봐봐, 엄마. 가래가 끓는 거친 숨소리가 이어지다가 돌연 멈추었다. 곧 철근이 찢어지는 듯한 괴성이 들렸다. 엄마라는 세상이 무너졌다. 나는 그 곁에서 투명한 튜브들로 둘러싸인 침상이 싸늘한 폐허가 되어가는 과정을 똑똑히 지켜봤다.

골분을 손으로 퍼 바다에 뿌리면서 나는 엄마의 눈, 엄마의 입, 엄마의 손, 하고 중얼거렸다. 엄마는, 예순세 살 박은신의 육체는 포말과 윤슬 속으로 서서히 흩어졌다. 엄마, 이제 아프지 않은 데로 가. 가서 오빠 꼭 만나. 아이고 은신아, 이게 막잔이야. 술로 간 사람한테 더는 술 못 주네. 이모, 좋은 곳에서 편히 쉬세요. 작은언니, 가게는 걱정하지 마. 우리가 문 안 닫게 잘할게. 장례 선박이 부표 주위를 한 바퀴 돌아 선착장으로 향하자 이모들은 갑판에 주저앉았다. 아이고. 불쌍해서 어떡해, 불쌍해서. 14년 전 엄마도 장지에서 그렇게 울었다. 우리 아들 불쌍해서 어떡해, 불쌍해서.

텅 빈 빈소에 앉아 엄마 영정을 올려다보던 밤을 기억한다. 간암이 재발하기 전 이모들과 다녀온 제주도 여행에서 찍은 사진이었다. 엄마는 희미하게 웃고 있었다. 안라야. 나 가면, 재영이 있는 데다 뿌려줘. 엄마는 오빠의 영정 사진이 끼워진 빛바랜 액자를 꺼내 판판한 유리를 손바닥으로 쓰다듬으며 입버릇처럼 말하곤 했다. 십수 년이 지났는데도 사진 속 오빠는 한결같다. 햇빛 아래에서 왼쪽 눈을 조금 찡그리며 미소 짓고 있다. 시간은 오빠의 뒷덜미를 잡지도, 손톱을 세워 할퀴지도 않는다. 시간은 오빠 앞에서 무력하다. 그건 다행이었고 그래서 참담한 일이었다. 스물한 살의 오빠를 사진으로 남긴 사람이 정오였다.

잘 있죠.

늦은 저녁 손님이 뜸해지고 나서야 정오에게 답을 보냈다. 곧장 메시지가 왔다. 한번 보자고, 맛있는 걸 사주고 싶다고 했다. 먹고 싶은 게 있느냐고 그가 물었다. 방어. 큰 걸로 사줘요, 선배. 그다지 회를 좋아하지도 않으면서 선뜻 답했다.

만나기로 한 지하철역 입구에 서서 불빛이 촘촘히 박힌 고층 빌딩들과 젖은 도로를 느리게 달리는 차들, 겉옷 주머니에 손을 찔러 넣고 횡단보도를 건너는 행인들을 구경했다. 바람이 매섭게 불어왔다. 어쩐지 멀리 떠나와 있는 기분이 들었다. 뭔가에 짓눌리는 것처럼 어깨가 움츠러들었다. 춥지? 어느 틈에 우산을 받쳐 든 정오가 가까이 다가왔다. 나도 모르게 한 걸음 물러섰다. 이 동네가 더 추운 것 같아요. 그럴지도. 그는 웃으며 우산을 내 쪽으로 기울였다. 전보다 야위어 보였다.

역에서 10분 정도 걸어 도착한 곳은 대형 상가 건물 5층에 자리한 횟집이었다. 짙은 푸른색 간판에는 오른쪽 귀퉁이에 흰 글씨로 작게 '滄海'라고 쓰여 있었다. 창해. 큰 바다. 진지하게 음과 뜻을 떠올려보는 내가 우스워서 짐짓 눈길을 돌려 가게 안을 둘러보았다. 4인 테이블이 여럿 있는 소란스러운 홀을 지나, 좁은 복도를 사이에 두고 양쪽으로 나뉜 방들 중 하나를 안내받았다. 종업원이 문 앞 좁은 마루에 무릎을 꿇고 예약한 식사를 준비해드리겠다고 말하고 미닫이문을 닫았다.

이런 데 비싸지 않아요?

그렇지도 않아.

정오는 벗은 코트와 서류 가방을 옆 방석 위에 무심하게 내려놓았다. 구겨질 텐데. 아무렇게나 개켜진 코트를 보며 생각했다. 그의 등 뒤 벽에 옷걸이가 있었지만 아무 말도 하지 않았다. 나 역시 겉옷과 가방을 옆자리에 놓았을 뿐이다. 그 뒤로도 그가 자기 소지품을 무심하게 다루는 장면을 몇 번 목격했다. 값비싼 시계를 식당 화장실에 벗어두고 온다거나 구두 뒤축을 꺾어 신는다거나 겉옷을 되는대로 구겨놓았다. 내가 걸친 것, 가진 것은 뭐든 소중하지 않다고 여기는 사람 같았다. 방 한구석에 말끔하게 개어놓은 이불, 베란다 빨랫줄에 반듯하게 널려 있던 젖은 수건, 허리를 한껏 수그리고 에어블로워를 누르며 필름카메라 렌즈의 먼지를 걷어내던 앳된 옆얼굴. 나는 오랫동안 그런 장면들로 정오를 기억해왔다. 그가 툭, 하고 무언가를 내려놓거나 구길 때마다 나는 날카로운 것에 할퀴인 상처를 마주하는 것처럼 마음이 불편했다.

정오는 뜨거운 물수건으로 손을 닦으며 오는 길은 어땠는지 물었다. 이어서 요즘 날씨와 이 식당에 단골이 된 사연을 늘어놓았다. 긴장한 모습이었다. 잠시 둘 다 말이 없는 사이 점잖은 노크 소리가 들리고 문이 열렸다. 서빙 카트를 끌고 온 종업원이 단호박죽과 초고추장을 곁들인 해초 세 가지, 전복회, 멍게회, 굴무침과 정갈하게 담긴 갖가지 채소를 상 위에 차리고 나갔다. 정오와 나는 음식들을 씹으며 띄엄띄엄 대화를 이어갔다.

보자고 해서 놀랐나?

별로.

나는 젓가락으로 전복회를 한 조각 집어 입에 넣었다. 씹을 때마다 오독오독 소리가 났는데 제법 크게 들려 거슬렸다. 입가를 가리고 오래도록 씹었다. 정오는 가만히 나를 건너다보다가 빙긋이 웃었다. 다행이네.

술 해?

하죠. 나이가 몇인데.

그런가.

선배는, 자주 마셔요?

그런 편이지. 소주 괜찮나?

정오가 술을 주문하고 얼마 뒤 작은 백자 호리병과 잔 두 개, 방어회가 나왔다. 운두가 낮은 화려한 접시에 방어회가 부위별로 소담하게 담겨 있었다. 제주산 숙성 대방어입니다. 종업원이 나직하게 말했다. 회에 곁들일 기름장, 생와사비, 무순, 백김치, 파래김이 차례대로 상 위에 놓이는 동안 정오와 나는 말없이 그 광경을 지켜보았다. 다시 미닫이문이 조용히 닫혔다.

정오가 호리병의 뚜껑을 따고 병 주둥이를 내 앞으로 기울였다. 붓글씨로 쓰인 '安東燒酎'를 보며 안동소주, 하고 속으로 읽었다. 나는 그가 따라주는 술을 받았다.

요즘은 독한 게 오히려 속이 편하더라고.

방어는 생선이지만 지방이 많아 좀 느끼하다고,

그래서 독한 술과 잘 어울린다고 했다. 내가 입 안 가득 음식을 씹고 있으면, 그는 자기 것을 먹다 말고 회 접시 옆에 놓인 나눔용 젓가락으로 회를 한 점 집어 내 앞접시에 가져다 놓았다. 이건 등살, 이건 뱃살, 하는 식으로. 이건 배꼽살. 꼬리도 먹어봐, 하면서. 한동안 정오와 나는 별 얘기 없이 오물오물 회를 씹고 술을 넘겼다. 술 때문인지 속에서 불꽃 하나가 일어난 것처럼 아랫배가 뜨거워졌다.

이 글자 무슨 뜻인 줄 알아요?

내가 호리병에 쓰인 '燒'를 가리켰다. 정오는 소, 소리를 내곤 멀거니 호리병을 쳐다봤다.

불사른다는 거예요. 태워서 없앤다는 거.

그러네. 여기 불 화.

얼음물을 한 모금 들이켰다. 그는 여전히 호리병을 들여다보고 있었다.

기억난다. 너 서예 좋아했잖아. 그림도 잘 그리고.

선배는 사진 찍는 거 좋아했잖아요.

그가 잔에 남아 있던 술을 모조리 삼켰다. 얼굴 한쪽이 일그러졌다.

뭘 몰랐지.

정오와 오빠는 동급생이었다. 정오가 고등학교 1학년 2학기에 전학 온 이후로 두 사람은 급속도로 가까워졌다. 그해 겨울방학이 되었을 무렵 정오는 거의 우리 집에서 살다시피 했다. 같은 학원으로 수학 특강을 들으러 가고, 돌아오는 길에는 비디오대여점에 들러 비디오테이프를 빌려 와 늦은 밤까지 영화를 봤다. 정독도서관이나 광화문 교보문고에도 자주 갔는데 두 사람은 참고서와 문제집, 소설책을 모두 공유했다. 이따금 말끔한 사복 차림으로 대학로 민들레영토에 가기도 했다. 그곳에서 영화인지 사진인지 정확히 어떤 동호회였는지 기억나지는 않지만 다음 카페에서 만난 다른 학교 또래들과 모임을 하고 오기도 했다.

중학생이었던 나는 사춘기를 맞이하고 있었다. 왈가닥이었던 모습은 온데간데없이 사라지고 말수가 적고 어딘가 그늘진 아이가 되어 있었는데 그건 내가 예술중학교 입시에서 떨어진 것과도 어느 정도 관련이 있었다. 친하게 지내던 친구 둘은 예중을 갔는데 나만 그러지 못하다는 사실에 세상이 끝난 것처럼 여겨졌고, 끝난 세상에서 매일 그저 그렇게 견디듯 지내는 나 자신이 참을 수 없이 싫었다. 실패. 나는 스스로 라벨을 붙였고 그건 좀처럼 내게서 떨어지지 않았다.

하루가 멀다 하고 집에 와 있는 정오가 불편할 때도 많았지만, 나는 그가 식빵에 딸기잼을 바르고 슬라이스 치즈 한 장을 얹어 반으로 접어준 샌드위치를, 달걀과 김치를 넣고 끓여준 라면을 셀 수 없이 먹었다. 집에서 뭘 먹을 때면 우리는 늘 셋이 모여 같이 먹었다. 나는 두 사람이 방과 거실에 쌓아놓은 책이나 비디오테이프를 오며 가며 들춰 보기 시작했다. 그리고 언젠가부터 같은 영화를 보고, 같은 책을 읽고 밤이면 각자의 잠자리에 누워 이어폰을 꽂고 같은 주파수의 라디오를 듣게 되었다. 두 사람을 통해 나는 오스카 와일드, 랭보, 헤르만 헤세, 알베르 카뮈, 프랑수아즈 사강, 전혜린, 기형도, 진이정을 알게 되었다. 셋이서 비디오로 〈길버트 그레이프〉 〈아이다호〉 〈중경삼림〉 〈올리브 나무 사이로〉 〈첨밀밀〉을 거실 소파에 기대어 보았던 밤도 기억한다. 두 사람이 모아놓은 『KINO』나 『씨네21』 같은 영화 잡지에서 프랑수와 트뤼포, 장 뤽 고다르, 왕가위, 압버스 키어로스타미의 이름을 처음 보았고 압바스 키아로스타미, 그 이름이 좀처럼 외워지지 않아 이삼일을 입 속으로 중얼거리기도 했다. 두 사람은 〈FM 음악도

시 유희열입니다〉를 즐겨 들었는데 생방송 라디오에서 나오는 음악과 어딘가에서 구해 온 음반을 녹음해 둘만의 카세트테이프를 만들기도 했다. 거기에는 뭔가 연결성이 있는 듯도 하고 없는 듯도 한 음악들이 녹음되어 있었는데 플레이리스트는 이랬다. 너바나, 쳇 베이커, 사카모토 류이치, 아스토르 피아졸라, 안토니오 카를로스 조빔, 시규어 로스, 카디건스, 신해철, 유재하.

그 시절 내가 받아들였던 모든 활자, 영상, 소리가 나의 대부분을 구성하고 있었지만 당시에는 알지 못했다. 그 후로 나는 그만큼 많은 책과 영화, 음악을 접하지 않았고, 어떤 것도 그때만큼 나를 송두리째 흔들어놓지 못했다.

무엇이 그토록 그 두 사람을, 그리고 우리 셋을 서로 끌어당기게 했는지 지금도 정확히는 모른다. 우리가 아버지 없는 아이들이었다는 것, 일찍부터 엄마 없는 집에서 남아도는 시간을 어떻게 보내야 하는지 익히 알았다는 것, 뭐 하나 특출난 것은 없지만 특별하기를 원하는 평범한 아이들이었다는 것, 그런 이유가 아니었을까 짐작해볼 뿐이다. 우리 세 사람은 안전한 집에 모여 앉아서 멀리 떠나 있기를 바랐던 것인지도 모른다.

여기가 아닌 다른 어딘가로, 낯선 언어와 감정이 우리를 꼼짝없이 포위하는 곳으로. 그도 아니라면, 그저 외로운 아이들이었기 때문인지도 모른다.

정오, 오빠 그리고 나는 우리만의 시공간을 만들어갔다. 세상이 돌아가는 형편은 잘 몰랐다. 두 사람은 어땠는지 몰라도 적어도 나는 그랬다. IMF 시대의 한가운데를 통과하고 있었지만 그것이 정확히 무엇을 의미하는지 몰랐다. 나는 극장에 가 〈타이타닉〉을 두 번 관람하고 금 모으기 운동에도 동참하는 그런 부류의 아이였다.

중학교 2학년에 올라가기 전 봄방학에 나는 엄마 화장대 서랍 속에 있던 내 돌 반지를 몰래 금 모으기 운동에 갖다 냈다. 며칠 뒤, 가게 문을 닫고 밤늦게 돌아온 엄마가 돌 반지가 사라졌다는 사실을 알고는 나를 불렀다. 거기 좀 서봐. 엄마에게서 소주 냄새가 짙게 풍겨왔다. 그 무렵부터 엄마는 잠이 오지 않는다는 이유로 자주 술을 입에 댔다. 나를 거실 한가운데 세워놓고 엄마가 빽 소리를 질렀다. 어린애가 그런 걸 뭐 하러 신경 써? 왜 시키지도 않은 짓을 해? 그저 그렇게 해야 할 것 같아서 그랬다고, 그렇게는 대답하지 못했다. 기어들어 가는 목소리로 나 이제 어린애 아닌데, 어차피 그거 내 거잖아, 했을 뿐이다. 지금 뭐라고 했어? 엄마가 다그쳤다. 나는 아랫입술을 꾹 깨물었다. 거기 갖다 낼 거면 차라리 엄마를 주지. 엄마가 불우이웃이야, 안라야. 알아? 엄마가 긴 한숨을 뱉었다. 누그러진 목소리로 들어가 자라고 했다. 엄마는 소파 끄트머리에 걸터앉아 축축한 양말을 벗었다. 퉁퉁 부은 발목에 양말 자국이 선명했다. 예중 됐으면 어쩔 뻔했어, 진짜. 뭐라고? 방으로 들어가려던 내가 눈을 흘기며 따져 물었다. 엄마가 나를 향해 고개를 돌리고 차갑게 되받아쳤다. 왜, 뭐? 나는 보란 듯이 쾅 소리가 나도록 방문을 세게 닫았다.

그날 일은 좀처럼 잊히지 않는다. 고등학교를 졸업하고 이런저런 아르바이트를 전전할 때, 고시원에서 쪽잠을 자고, 수많은 밤 오빠의 병실과 엄마의 병실을 지키는 동안에 나는 내게 묻곤 했다. 어디서부터 잘못된 것일까. 그러면 어김없이 그 밤이 떠올랐다. 그 밤은 어디서부터 잘못된 걸까 묻는 내게 '어디서부터'가 되기 가장 알맞은 밤 같았다. 엄마가 했던 무정한 말들과 역한 술 냄새, 어떤 억울함과 수치스러움, 원망이 뒤섞인 그 냉랭했던 밤. 닫힌 방문 안쪽에 오빠와 정오가 자지 않고 숨죽여 깨어 있었던 그 밤.

똑똑.

미닫이문이 다시 열리고 식사 메뉴가 들어왔다. 날치알밥, 문어숙회, 고등어와 도루묵구이, 매운탕, 새우튀김이 나왔다. 취기가 살짝 돌자 정오와 나는 도수가 높은 술에 관해, 숙성과 부패의 차이에 관해, 미래의 인류는 먹을 수 없게 될 어종에 관해 두서없이 떠들었다. 뉴스나 다큐멘터리에서 접한 그렇게 될 거라더라, 하는 이야기들. 해도 그만 안 해도 그만인 얘기를 나누면서 내가 정오에게 꼭 해야 할 말이나 하지 말아야 할 말이 있는지 따져보았다. 이제 와 뭐 그런 게 있겠나 싶으면서도 여전히 적확한 말을 찾지 못한 것도 같았다. 터틀넥 스웨터 목덜미에 땀이 뱄다. 얼굴이 뜨거웠다. 정오가 고등어의 살을 발라 내 앞접시에 놓았다. 왼 손등으로 이마에 솟은 땀을 훔쳤다. 정오가 잔을 비웠다.

다음 주 수요일이지?

궁금해서 묻는 말이 아니란 걸 알면서도 나는 가만히 고개를 끄덕였다. 내가 기억하는 걸 그도 기억하고 있다는 사실을 서로 확인했다는 의미로. 아니, 어떻게 잊을 수 있겠느냐는 의미로. 그리고 그게 다였다.

혹시 내가 알려준 곳에 찾아가보았느냐고 물으려다 그만두었다. 정오가 갔거나 가지 않았거나, 내가 그 사실을 아는 것이 뭐 그리 중요할까.

마지막 노크 소리와 함께 문이 열리고 후식이 들어왔다. 모둠 과일, 양갱, 따뜻한 매실차가 나왔다. 종업원이 접시를 모두 내려놓았을 때 정오는 종업원에게 고맙다는 인사를 건넸다. 앞에 세 번과 마찬가지로 조심스럽고 왜인지 미안해하는 듯한 목소리였다.

정오와 나는 과일의 마지막 조각, 매실차의 남은 한 모금까지 모조리 먹어치웠다. 마룻바닥은 따뜻하고 포만감은 목젖까지 차올랐다. 취기에 눈꺼풀이 무거워졌다. 우리는 잠시 각자의 등 뒤 벽에 기대었다. 그는 좀 전과 달리 약간 활기를 띠며 주식과 비트코인, 아파트 분양가, 신도시에 관해 이야기했다. 지극히 삼십대 후반다운 대화의 마무리였다.

밖으로 나오니 눈발이 굵어져 있었다. 대로변에는 택시를 타려는 사람들로 붐볐다. 그 틈에 서서 정오와 나도 택시를 기다렸다. 기분이 이상하네. 그가 작게 웅얼거렸다. 굵은 소금 같은 눈이 끊임없이 쏟아졌다.

칼바람에 실려 온 차가운 눈송이가 자꾸만 뺨 위로 내려앉았다.

선배, 우산.

아.

다음에 찾지, 뭐. 그렇게 말하고 그는 차들이 달려오는 방향을 한참 바라봤다.

근데 안라야.

응?

왜 선배라고 불러?

오빠는 아니니까?

내가 정오를 올려다보자 찬 바람에 닳은 그의 얼굴이 더욱 붉어졌다.

그러네. 맞네.

정오는 허리를 굽혀 자기 발등을 내려다봤다. 내가 부른 택시가 앞에 서자 문을 열어주었다. 이모들과 먹으라며 횟집에서부터 들고 온 아이스박스를 내밀었다. 벌겋게 언 코끝을 벌겋게 언 손으로 훔쳤다.

오늘 반가웠다. 조심해서 가.

그 밤, 나는 집으로 돌아와 먹은 것을 전부 게워냈다.

밀레니엄 버그, Y2K가 지구 종말을 가져올 것이라고 온 세상이 떠들썩했지만, 2000년 1월 1일에는 놀라울 만큼 아무런 일도 일어나지 않았다. 나는 오빠와 정오가 다녔던 고등학교에 입학했다. 말수가 더 줄고 키가 1.2센티미터 자라고 생리통이 심해진 세기말의 1년 동안 우리 집은 이사를 두 번 했다. 눈에 띄게 좁아진 집에 짐을 들여놓으면서도 나는 현실을 제대로 파악하지 못했다. 그런 집에서의 삶은 임시적인 것이라고 여겼고 언젠가 다시 예전과 같은 집에서 살게 될 거라고 막연하게 믿었다. 오빠와 정오는 서울 중상위권 사립대학의 경영학과에 들어갔다. 대학생, 그 단어를 발음할 때면 나는 박하사탕이 녹아든 공기를 들이마시는 기분이었다.

대학생이 되자 오빠와 정오는 전만큼 집에 붙어 있지 않았다. 두 사람에게는 각자의 생활이 생겼다. 일주일에 한두 번 집에서 만나던 횟수가 한 달에 한두 번으로 줄었고 그마저도 주로 밖에서 만났기 때문에 나는 정오를 거의 만나지 못했다. 두 사람은 학과 공부, 동아리 활동, 아르바이트로 바빴다. 군 제대 후 같이 유럽으로 배낭여행을 떠나겠다며 돈을 모으기도 했다. 우리 셋이 마치 한 덩어리의 반죽처럼 밀착되어 있던 시절은 이미 끝나 있었다. 어찌 보면 자연스러운 일이었지만, 그때의 나는 관계가 멀어지는 것이 자연스러운 일이라는 걸 모를 만큼, 딱 그만큼 어렸다. 나는 두 사람이 남겨놓은 흔적을 좇으며 책과 영화를 보고 음악을 들으면서, 내 나름의 '베스트10'을 꼽고 플레이리스트를 만들면서 나도 어서 대학생이 되기를 바랐다. 나는 스무 살 이후의 오빠와 정오의 삶에 대해 아는 것이 거의 없었고 그건 내가 대학생, 어른이 아니기 때문이라고 생각했다. 어쩌면 그때 내가 몰랐던 것은 오빠나 정오가 아니라 나를 제외한 모든 것이었는지도 모른다. 아니, 나를 포함한 모든 것이었는지도. 나는 나 자신에 대해서도 충분히 알지 못했다.

열아홉 살의 초여름, 온 나라가 2002 월드컵 열기로 어딜 가나 축구 얘기뿐이었던 그해, 나는 엄마와 매일같이 대치 상태에 있었다. 미대에 가고 싶다는, 다시 미술학원을 다니고 싶다는 내 말을 엄마는 극구 반대했다. 입시 준비는 앞으로 돈 들어갈 일의 시작일 뿐이라고, 우리는 그럴 만한 형편이 못 된다고 했다. 미술이고 음악이고 그런 건 다 돈 있는 집 애들이나 하는 거라고도 했다. 대학 가서는 내가 벌어서 보태면 되잖아. 나는 엄마 앞에 무릎을 꿇었다. 너 그거 미련이야, 안라야. 그런 거 아니야, 미련 아니야. 내가 평생 후회하면 좋겠어, 엄마는? 울음을 그칠 기미가 없는 내게 엄마가 물었다.

네가 재능은 있고?

나는 곧장 울음을 그쳤다. 더는 엄마와 어떤 말도 섞고 싶지 않았다. 방으로 들어가 문을 걸어 잠갔다. 그까짓 돈 내가 벌어서 다니겠다고 주먹을 움켜쥐었다. 내 결심은 곧장 현실이 되지는 못했다. 엄마 몰래 패스트푸드점 파트타임 아르바이트를 구하긴 했지만, 한 달 월급으로 한 달 학원비를 충당하기에도 부족했다. 일단 두 달치 월급을 모아 여름방학인 7월에 학원을 등록하기로 했다. 하루하루 누적된 피로로 수업 시간에는 졸기 일쑤였다. 수업이 끝난 뒤에는 자율학습실에서 한 시간 남짓 엎드려 쪽잠을 자다가 아르바이트를 하러 가곤 했다.

그렇게 두 달이 되어가던 날이었다. 대한민국과 이탈리아의 16강전 경기가 있던 저녁, 오빠와 정오가 패스트푸드점으로 찾아왔다. 두 사람은 햄버거 세트를 먹으며 조용히 대화를 나누다가 밖으로 나갔다. 아르바이트를 마치고 나왔을 때 두 사람은 옆 건물 1층에 있는 디지털프라자의 대형 텔레비전 앞에서 축구 경기를 보고 있었다. 길거리 어디서든 축구 경기를 볼 수 있었던 그 여름, 우리 셋은 모여 있던 사람들 틈에 서서 다리가 아픈 줄도 모르고 끝까지 경기를 봤다. 경기 규칙은 잘 몰랐지만, 골이 들어가는 순간 낯모르는 사람들과 함께 흥분 속에서 환호성을 질렀다. 그때 오빠가 내게 흰 봉투를 내밀었다.

내가 주는 거 아니고, 얘한테 빌린 거.

뭔데?

나중에 네가 꼭 갚아라.

봉투를 열어 보고 오빠와 정오를 번갈아 쳐다봤다.

한 달치야. 8월에는 내가 줄게.

나는 두 손으로 봉투를 꼭 쥐고 고개를 숙인 채 서 있기만 했다.

얘 감동했나 보다.

오빠의 말에 정오가 내 얼굴을 장난스럽게 들여다봤다.

엄마는, 두 달 동안 어떻게든 해보자.

수많은 사람이 인도와 도로로 쏟아져 나왔다. 가슴에 'Be the Reds'가 적힌 붉은 티셔츠를 입은 사람들이 환희에 취해 소리를 지르고 길 위를 가로지르며 뛰어다녔다. 환호성과 응원의 박수, 지나가는 차들이 울리는 경적 속에서 두 사람은 나란히 서서 나를 보며 환하게 웃었다.

가끔 생각한다. 나는 그때 왜 끝내 고맙다는 말 한마디를 하지 않았을까.

'창해'에서 방어를 먹은 이후로 정오와 나는 이따금 만났다. 계절이 바뀌는 시기마다 그가 연락을 해왔고 나는 응했다. 장소는 매번 정오가 정했는데 고객들을 접대하며 알게 된 맛집이라고 했다. 주로 제철 음식을 파는 식당이었다. 우리는 봄에 갖가지 봄나물과 냉이된장국, 쑥튀김, 두릅을 먹었고 여름에는 삼계탕과 콩국수, 평양냉면, 가을에는 삼치구이, 대하찜을 마주 앉아 먹었다. 그렇게 계절을 돌아 겨울이 오면 12월 중순에는 어김없이 '창해'에서 방어회를 먹었다. 만남을 이어가면서 정오와 나는 각자의 현재에 대해 조금씩 이야기를 꺼냈다. 그는 은행에서 기업 대출을 담당하고 있어 외근을 자주 한다고 했다. 예전만큼은 아니어도 술접대가 적지 않다고, 몇 년째 금연은 실패하고 있다고 했다. 그래서 주말에는 꼭 동네 뒷산에라도 오르려고 노력한다고, 종종 여섯 살 된 아들도 데리고 다닌다고 했다. 나는 이모들과 반찬가게를 하면서 온라인 쇼핑몰에 납품을 시작했고 배달 플랫폼으로 배달도 할 계획이라고 했다. 일손이 모자라 결국 조리실 확장 공사를 했고 직원을 네 명 더 뽑았다고, 모든 게 순탄하다고 했다.

그 말 참 좋다. 순탄.

계절이 여러 번 바뀌는 동안에도 내 생활은 예전과 다름없었다. 새벽 5시면 일어나 이모들과 함께 아침을 간단하게 때우고 가게로 나갔다. 재료를 준비하고 직원들과 각자 맡은 반찬을 조리했다. 가게 안을 청소하고 진열 쇼케이스를 정리한 뒤 손님을 맞았다. 점심에는 이모들이 준비한 직원 식사를 먹었다. 바쁜 날은 시장에서 사 온 음식들을 차려놓고 허둥지둥 먹기도 했다. 가게는 보통 밤 9시에 닫았다. 집에 돌아가면 씻고 잠자리에 들기 바빴다. 처음 가게 일을 시작했을 때와

다르게 몸은 강도 높은 노동에 점점 익숙해져갔다. 나는 그 말이 좋았다. 점점. 느닷없이나 갑자기가 아니라, 점점.

평일 중 하루는 꼭 쉬었다. 쉬는 날에는 은행이나 병원에 갈 때가 잦았다. 드물긴 하지만 혼자 갤러리 아니면 영화관에 가기도 했다. 한때는 몸담고 싶었던, 그러나 이제는 얼마쯤 멀어진 세계를 몇 걸음 물러서 훔쳐보는 느낌으로. 전처럼 괴롭지만은 않았다. 괴롭지만은 않은 나 자신을 알아차릴 때면 인생이란 참 알 수 없다는 생각이 들곤 했다.

반찬가게 재오픈을 준비하던 어느 날 내가 이모들에게 물었다.

엄마는 왜 하필 반찬가게를 시작했대요?

반찬이 어때서?

일이 많아도 너무 많잖아요. 어떻게 된 게 끝이 없어.

세상에 어디 쉬운 일이 있어?

이모들은 입술을 비죽이는 나를 보며 깔깔댔다.

고되지. 얘도 처음에는 힘들어 죽겠다고 울고 그랬어.

예전에, 나도 작은언니한테 똑같이 물었었거든.

엄마가 뭐랬어요?

뭐라더라.

작은이모가 허리를 곧추세우며 허공을 바라봤다.

여러 개 중에 나 좋아하는 것만 고르고 있으면 기분 좋지 않냐고 그러데? 세상사 맘대로 되는 거 하나 없는데 반찬이라도 맘껏 고르면 좋지 않냐고.

걔도 참 희한해.

작은언니가 좀 별나긴 했어. 꼭 안라 너같이. 통 속도 모르겠고.

처음 듣는 이야기였다. 엄마가 작은이모에게 했다는 말을 이따금 떠올린다. 엄마 앞에 놓여 있었던 수많은 선택과 그럼에도 엄마 맘대로 되지 않았거나 할 수 없었던 일들. 엄마가 떠나야만 했던 어떤 세계. 언젠가 엄마도 술잔을 기울이면서, 나날이 커가는 오빠와 나를 보면서 인생이란 참 알 수 없다고 생각했을까. 이제는 알 길이 없다. 다만 누구나, 그 속을 다 알 수 없는 사람의 자식으로 태어나 알 수 없는 인생을 살아간다는 것, 끝내 알 수 없을 사람을 사랑할 수도 있다는 것, 그것만을 알아갈 뿐이다. 어렴풋하게, 아주 더디게.

정오와 콩국수를 먹은 여름이었다. 정오의 차를 타고 서리태 콩국수로 유명하다는 북한산 초입에 있는 오래된 식당으로 갔다. 통나무 탁자들이 놓인 실내에는 하산한 등산객 손님들로 붐볐다. 삶은 콩과 막걸리 냄새가 뒤섞여 들큼하고 눅눅한 공기가 고여 있었고, 간간이 왁자한 웃음소리가 식당 안을 울렸다. 정오가 주문한 콩국수 두 그릇과 김치만두가 막 나왔을 때였다.

이놈의 나라는 꼭 누구 하나 죽어 나가야 정신을 차리지.

국방색 점퍼를 걸친 사내가 텔레비전을 올려다보며 막걸리를 들이켰다. 뉴스에서는 신축 아파트 건설 현장에서 외벽이 무너져 작업자 세 명이 사망한 사고 소식을 보도하고 있었다. 국방색 점퍼 사내와 그 무리는 막걸리를 몇 병 더 주문했다. 거친 욕설을 섞어가며 웅성거렸다. 정오와 나는 식당 중앙 기둥에 매달린 텔레비전을 올려다보았다. 괴수에게 물어뜯긴 듯한 아파트 외벽과 훤히 드러난 휘어진 철근, 산산조각이 난 콘크리트 잔해들. 나는 정오를 돌아보았다. 그는 스테인리스 물컵을 움켜쥐고 화면을 뚫어져라 응시하고 있었다.

선배.

정오가 고개를 돌려 콩국수 그릇을 내려다봤다.

반지는 어쨌어요?

아.

그가 멍하니 자기 왼손으로 눈길을 돌렸다.

이혼했어, 나.

심상한 목소리였다. 4년 좀 넘었나? 그렇게 덧붙이고는 그릇 속에 웅크린 듯 뭉쳐져 있는 국수사리를 젓가락으로 풀며 멋쩍게 웃었다.

한동안 그냥 끼고 다녔어. 손가락이 허전해서. 웃기지?

나는 고개를 저으며 푸릇한 콩물에 잠긴 국수 면발을 젓가락으로 뒤적거렸다.

알아, 웃긴 거.

안 웃겨요. 하나도.

텔레비전 뉴스는 다음으로 주택가에 출몰한 벌떼 소식을 전했다. 정오와 나는 국수 그릇을 내려다보며 젓가락으로 쉬지 않고 면을 건져 올렸다. 식사를 마치고 나올 때까지 나눈 말은 두 마디뿐이었다. 입맛에 맞나? 진짜 진하네요.

밖으로 나오니 차양에서 빗방울이 똑똑 떨어지

고 주차장 흙바닥에 작은 물웅덩이가 파여 있었다. 차양 밑에 서서 손을 뻗어보았다.

비 오는 소리 못 들었는데.

정오와 나는 잠시 멀리 있는 희뿌연 산등성이를 바라봤다. 서서히 희미해지는 것 같기도 하고 반대로 서서히 선명해지는 것 같기도 했다. 그러네. 그가 가만히 담배를 물고 있다가 도로 담뱃갑 속에 집어넣었다.

열아홉 살의 10월, 나는 중환자실 복도 끝 환자 가족 휴게실에 앉아 결심했다. 앞으로 그림 따윈 그리지 않을 거라고. 내 인생에 욕심 따윈 내지 않을 거라고. 그러니 제발 오빠가 깨어나게 해달라고. 누구인지도 모르는 신에게 빌었다. 늦은 시각 어두컴컴한 휴게실에는 나뿐이었다. 소보로빵과 우유를 억지로 욱여넣으며 텔레비전에서 재방영되는 드라마 〈네 멋대로 해라〉를 보고 있었다. 드라마 속에는 자기 멋대로 할 수 있는 게 하나도 없어 보이는 청춘들이 등장해 사랑하는 사람의 고통을 곁에서 끝까지 지켜주었는데, 나는 주인공 경의 젖은 얼굴이 클로즈업될 때마다 목이 메어 우유를 마셨다. 경의 눈물을 핑계로 나도 울었다.

왜.

군에 입대하기 위해 3학년 1학기를 마치고 휴학한 오빠가 왜 건설 현장에서 일하며 급하게 돈을 모으려 했는지, 왜 하필 그날 그때, 크레인으로 옮기고 있던 철근 더미가 오빠 위로 떨어졌는지 엄마는 납득하지 못했다. 대체 왜. 우리 애가 뭘 잘못했는데? 온몸의 뼈가 부스러져 의식을 잃은 오빠를 내려다보며 엄마는 통곡했다. 시간이 멈춘 듯 더디게 흘러갔다. 나를 둘러싼 모든 것이 부질없는 일이 되어갔다. 차도가 보이지 않는 날들, 더 나빠지지 않는 것만으로도 다행인 나날이 이어졌다. 엄마의 통곡이 계속될수록 그것은 나를 향한 원망처럼 들리기 시작했다. 네가 미술을 하겠다고 설치지만 않았어도, 돈을 벌어서 학원비를 내겠다고 고집을 부리지만 않았어도 재영이에게 이런 일은 일어나지도 않았을 거라고 엄마와 온 세상이 나를 힐난하는 것만 같았다.

오빠가 중환자실에 있는 두 달 반 동안 정오는 단 한 번도 찾아오지 않았다. 수십 번 전화를 걸어봤지만 받지 않았다. 문자, 음성 메시지도 남겼지만 아무런 소식이 없었다. 오빠는 그해를 넘기지 못했다. 정오와는 끝내 연락이 닿지 않았고 장례식 때도 그의 모습은 보이지 않았다. 고등학교 동창 중 누군가가 정오가 군에 입대했다더라, 하는 얘기를 엿들었을 뿐이었다.

다음 해에 나는 고등학교를 졸업했다. 재수하겠다는 핑계로 학원과 독서실을 오가긴 했지만 빈껍데기처럼 학원가 근처를 떠돌면서 되는대로 먹고 되는대로 잤다. 주로 혼자 시간을 보냈다. 친구들과 연락조차 하지 않았다. 재수 생활을 흐지부지 접고 그 뒤로 몇 년은 온갖 아르바이트를 하며 지냈다. 편의점, 영화관, 패스트푸드점, 백화점, 커피숍, 고깃집, 치킨 배달 닥치는 대로 가리지 않고 일했다. 월급을 받으면 차곡차곡 모았다. 나를 위해서는 최소한으로만 썼다. 그렇게 모은 돈을 가지고 노량진으로 갔다. 2년 동안, 모아둔 돈을 갉아먹고 다시 아르바이트로 채워 넣으면서 9급 공무원 시험을 준비했다. 내게 공무원 시험은 다른 공시생들처럼 절실한 목표가 아니었다. 그저 정상적인, 제대로 된 삶을 한번 살아보고 싶다는 얄팍한 치기에 지나지 않았다. 보통의 삶을 사는 척이라도 하고 싶었다. 그것도 4년째 되던 해에 포기하고 미련 없이 노량진을 떠났다. 그렇게 세월이 흐르는 사이, 내가 했던 모든 일에 실패라는 결론을 내리는 사이, 내가 나 자신을 포함해 그 무엇도 돌보지 않고 방치한 사이, 엄마는 술로 망가져 있었다. 급기야 두고만 볼 수 없었던 이모들이 엄마와 가까운 곳으로 이사를 왔고 나도 엄마가 있는 집으로 돌아갔다. 엄마의 암이 재발했을 즈음 내 이십대가 끝나가고 있었다.

어디서부터 잘못된 걸까?

나는 내게 자주 묻곤 했다. 내 인생이 더 떨어질 곳 없는 나락에 다다랐다고 느낄 때마다, 잊고 있던 그 감각이 깊은 밤 잠든 내 가슴과 목을 짓누를 때마다 어디서부터, 대체 어디서부터, 하고 물었다. 숱하게 했던 그 질문이 실은 결코 답을 구할 수 없는 질문이라는 걸, 질문처럼 물음표를 달고 있었지만 사실 한탄이나 체념에 더 가까웠다는 걸 아주 나중에야 깨달았다. 오랫동안 나는 절망을 느끼는 것과 희망을 완전히 포기하는 것이 다름을 알지 못했다.

12월이 돌아오자 정오와 나는 어김없이 '창해'에서 만났다. 먼저 도착해 정오가 예약한 방에서 그를 기다렸다. 낯익은 방을 둘러보면서 지난해 겨울과 달라진 것이 있는지 살폈다. 벽에 못 보던 문인화가 한 점 걸려 있고, 방석도 도톰한 것으로 바뀌었다. 정오는 약속보다 늦게 도착했다. 이미 한잔 걸치고 왔는지 얼굴과 목덜미가 불그스름했다. 우리는 전과 마찬가지로 각자 삶의 사소한 조각들을 하나씩 꺼내놓으며 얘기를 나누고 방어회 스페셜 코스를 먹으며 안동소주를 마셨다. 그가 시원한 맥주를 주문해 유리잔에 안동소주와 맥주를 섞었다.

오기 전에 거기 다녀왔어. 재영이한테.

나는 인천여객터미널에서 배를 타고 5킬로미터를 나가야 하는 거기, 수면 위에 우뚝 솟은 21번 부표를 떠올렸다. 이맘때 가면 늘 강풍이 불어와 바다에 뿌리던 술이 옷 앞자락에 튀던 기억이 났다. 합동추모선에서는 내내 애잔한 선율의 음악이 나직하게 흐르고 배에 탄 사람들의 몸짓은 조심스럽고 경건했다. 합동추모선이 위치 부표 주위를 한 바퀴 돌아 다시 터미널로 향할 때면 배에 탄 사람들의 울음소리가 한층 더 커지곤 했다.

추웠겠네요.

춥더라, 바다는.

정오가 물방울이 맺힌 유리잔을 가만히 쥐었다.

재영이가 아직 거기 있을까.

없죠. 있는 건 우리지.

나는 술을 한 모금 삼키고 곧바로 나머지도 털어 넣었다. 손을 뻗어 가방을 열고 흰 봉투를 꺼냈다. 정오를 처음 '창해'에서 만났던 날부터 그와 만날 때마다 줄곧 가지고 다니던 것이었다. 봉투를 그의 젓가락 옆에 놓았다. 그가 말없이 봉투를 열어 보았다.

이걸 왜.

꼭 갚으라고 했었잖아요, 오빠가.

안라야.

받아요, 선배.

정오는 유리잔에 담긴 술을 남김없이 들이켰다.

받아야 해.

정오가 손바닥으로 두 눈을 가렸다. 조용히 그의 어깨가 들썩였다. 그런 그를 나는 그대로 놔두었다.

그때……. 그때는 내가…….

휴지를 뽑아 그에게 건넸다.

알고 있었어요, 나.

…….

두 사람.

…….

정오가 휴지로 눈가를 닦았다. 고개를 들어 처음으로 나와 똑바로 눈을 맞추었다.

어떻게 모를 수가 있었겠어요.

아르바이트를 전전하던 시절, 간혹 버스 안이나 가게에서 흘러나오는 라디오를 들을 때면 나는 정오를 생각했다. 그의 이름이 들리면 참을 수 없이 안부가 궁금해졌고 보고 싶었고, 동시에 그를 향한 미움과 원망도 커졌다. 나처럼 정오도 자기 삶을 타인의 것 대하듯, 끊이지 않는 나쁜 꿈을 꾸듯 살고 있는지 궁금했다. 그러기를 간절히 소망했다. 제발 그 역시 자기 나름의 이유를 만들어 고통받고 있기를, 때로는 그가 나보다 더 망가져 있기를 바랐다. 그러다가도 어느 순간에는 그가 우리 따위는 싹 다 잊고 보란 듯이 잘 살고 있기를 바랐다. 그러니까, 정오를 만나지 않았던 거의 모든 시간 동안 나는 정오를 그리워했다. 우리 셋의 증인 중 한 사람이자 나의 정오였던 그를.

허리를 수그리고 소리 없이 눈물을 떨어뜨리던 그가 기어이 흐느꼈다. 정오와 나는 얼마 동안 말없이 앉아 있었다. 그는 울고 나는 이따금 그에게 휴지나 물

잔을 건넸다. 미닫이문 너머에서는 서빙 카트의 바퀴가 마룻바닥을 구르고 도자기 그릇이 달그락거리고 직원들이 소곤거리는 소리가 들렸다. 방바닥은 따뜻하고 상 위에 음식은 거의 손도 대지 않은 채 고스란히 남아 있었다. 먼 시간을 돌고 돌아 우리는 그곳에 마주 앉아 있었다. 17년. 그럴 만한 시간이었었나 생각하다가 그럴 만한 시간이란 건 없다고, 그런 시간이 있었을 뿐이라고 고쳐 생각했다. 우리는 우리였고 우리라서 겪을 수밖에 없는 시간을 살았다고.

'창해'를 나와 대로까지 걸었다. 비틀거리며 걷는 정오와 속도를 맞추었다. 택시가 오가는 대로변에 다다랐을 때 나는 손을 내밀어 정오에게 악수를 청했다. 그가 내 손을 물끄러미 내려다보다가 천천히 손을 내밀어 맞잡았다. 우리는 잠시 손을 잡았다가 놓았다. 서로 잘 지내라는 인사 같은 건 없었다. 오늘이 마지막이라는 단정도.

3년 전의 일이다.

어디서부터 잘못된 걸까. 나는 더는 내게 묻지 않는다. 언제부터 묻지 않게 되었는지조차 묻지 않는다.

가끔 생각한다. 내가 왜 오래전 연락이 끊어진

정오의 연락처를 사방팔방으로 수소문해 엄마의 장례식 소식을 그에게 전했는지, 그가 왜 다시 내게 연락을 해 계절이 바뀔 때마다 제철 음식을 사주었는지, 우리가 왜 3년 동안 만남을 이어갔는지. 생각의 끝에는 언제나, 그 일들의 이유가 모두 같으며 그러므로 단 하나의 이유라는 것을 알게 된다.

곧 방어가 제철인 계절이 온다.

며칠 전 쉬는 날이었다. 모처럼 좋아하는 사진작가의 전시회에 가는 길에 수북이 떨어진 낙엽을 밟았다. 바삭바삭 소리가 건새우를 볶을 때 나는 소리와 흡사한 것 같아 혼자 실없이 웃었다. 잎 모양과 잎자루가 깨끗한 은행잎을 세 개 주워 지갑 속에 넣었다. 진하게 내린 커피를 한 잔 마시고 싶어 길옆에 바로 보이는 아담한 카페에 들어갔다. 한산한 실내에는 클래식 FM 라디오 방송이 흘러나오고 있었다. 볕이 드는 창가에 자리를 잡았다. 운두가 낮은 화려한 잔에 진한 커피가 담겨 나왔다. 잔을 반쯤 비웠을 즈음, 흐르고 있던 현악 삼중주가 끝나고 아나운서의 또렷한 목소리가 들렸다.

정오를 알려드립니다.

나는 오래전 나 홀로 은밀하게 간직했던 장면 하나를 떠올렸다. 그리고 이제야 내가 그 순간을 오롯이 그리워할 수 있게 되었다는 것을 알았다.

열다섯 살의 여름방학, 뜨거웠던 한낮이었다. 가위바위보에서 진 오빠가 아이스크림을 사러 나간 사이 나는 바람이 잘 통하는 거실 창가에 앉아 붓글씨를 연습하고 있었다. 선풍기가 돌면서 몰고 오는 바람에 문진으로 눌러놓은 화선지 모서리가 팔랑거렸다. 화선지는 오후 볕을 받아 희고 깨끗했다. 손끝으로 화선지를 짚고 조심스럽게 세로획을 긋고 있을 때 정오가 곁에 다가와 앉았다. 그는 내가 써놓은 글씨를 말없이 찬찬히 들여다봤다. 정오에게 먹물을 묻힌 붓을 건네자 그는 붓을 받아 화선지 귀퉁이에 작고 흐릿하게 썼다.

正吾

정오라는 이름은 그의 외할아버지가 지어주었다고 했다. 낮처럼 밝고 그늘 없이 살라고, 항상 머리 위에 빛을 이고 살라고 지어준 이름이라 했다. 낮은 목소리에 실린 그의 이름에 관한 이야기를 들으며 나는 햇빛 아래 수그린 그의 반듯한 이마와 콧날과 인중, 턱밑에 진 자그맣고 거뭇한 그림자를 바라봤다. 그가 떨리는 손으로 자신의 이름 옆에 오빠의 이름을 자신의 것보다 더 신중하게 쓰는 모습을 잠자코 지켜봤다. 슈퍼마켓에 다녀온 오빠가 둘이 뭘 하냐며 정오의 곁으로 다가오자 정오가 고개를 들어 오빠를 올려다봤다. 이재영, 네 이름은 한자로 뭐야? 그 찰나, 천천히, 아주 천천히 시간이 흘렀다. 눈매를 둥글게 만들던 정오의 눈가 근육들, 비닐 포장을 벗긴 아이스크림을 정오에게 내밀며 하얀 떡니를 드러내던 오빠의 땀에 젖은 얼굴. 아무것도 감추지 않는 미소. 무더운 공기 중에 떠다니던 몇 개의 먼지. 땀이 배어 눅눅해진 화선지 모서리. 끈끈한 오후였다. 다르르르륵. 타이머가 끝난 선풍기가 돌연 날개 회전을 멈추었다. 짧은 침묵 속에서 우리 셋의 눈길이 마주쳤다. 그때, 지금까지의 모든 순간이 돌이킬 수 없이 분명해졌다. 영영 알아차리고 싶지 않을 만큼, 눈이 부셨다.

만화경

숙분은 나경을 302호 아가씨라고 불렀다. 숙분의 걸걸한 목소리가 나경을 부르면 나경은 흠칫 놀라 걸음을 멈추곤 했다. 숙분의 기척은 늘 갑작스러운 데가 있었다.

아가씨. 숙분이 부를 때마다 나경은 속으로 되뇌었다. 나경은 가끔은 아가씨로 또 가끔은 아줌마로 불렸지만 둘 다 자신에게 딱 맞는 호칭은 아닌 것 같았다. 그렇다고 저 아가씨 아닌데요, 라고 대꾸하지도 않았다. 그다음 벌어질 상황이 더 귀찮을 것 같아서였다. 나경은 숙분이나 동네 어르신들이 혼기가 꽉 찬 아가씨로 자신을 오해하도록 놔두었다. 그러면서도 한편으로는 걱정이 됐다. 아가씨로 알고 중매를 서겠다고 하면 어쩌지? 재취 자리지만 사람이 참 좋으니 한번 만나나 보라며 불쑥 낯선 사람의 사진을 내밀면 어쩌지? 집 앞 골목이나 계단에서 마주친 숙분에게 인사를 하고 돌아설 때면 나경의 머릿속에는 그런 어처구니없는 생각이 스쳐 갔다. 스스로 판단하기에도 앞서가도 너무 앞서 나간 우려였지만 자신도 모르게 급발진해버리는 망상을 멈춰 세우기가 힘들었다.

나경이 숙분을 부를 일은 거의 없었다. 이름을 알고는 있었지만 최숙분 할머니라고 부르기도 어색하고 주인 어르신도 입에 붙지 않아 호칭을 생략했다. 간혹 숙분에게 전할 말이 생기면 4층 벨을 누르거나 전화를 걸어 저 302호인데요, 라고 말했다. 다른 사람들에게 숙분에 관해 얘기할 때는 주인집 할머니라고 불렀다. 주인집 할머니가 내가 외출할 때마다 창문을 열고 내려다본다니까? 머릿속으로 숙분을 떠올릴 때는 주인집이라고 불렀다. 매달 1일 핸드폰에 뜨는 알림 메시지처럼. 주인집에 계단 청소비 입금하기.

이사한 지 반년이 지났을 즈음, 나경은 1년 반

뒤 재계약은 하지 않겠다고 결심했다. 물론 주인집에서 재계약을 원하지 않을 수도 있고 어느 날 갑자기 3개월 후 집을 비워달라고 할 수도 있었다. 그런 경우도 미리 염두에 둬야 했다. 나경은 당장 이사 갈 상황이 아닌데도 틈만 나면 부동산 시세를 알아봤다. 재개발 아파트, 주택 청약을 검색해보다가 자신의 처지에는 무엇도 해당하지 않는다는 것을 재차 깨닫고는 주변 빌라나 다세대주택, 회사 부근 오피스텔 전월세 시세를 살펴봤다. 초역세권 오피스텔의 월세와 관리비를 내며 살 수 있을까. 감당하려고 하면 못 할 것도 없겠지만 아무래도 너무 비쌌다. 그래도 오피스텔에 살면 주인집 간섭은 안 받겠지? 풀 옵션 9.3평형 오피스텔 내부 사진을 확대해 보면서 나경의 마음은 번번이 조금 기울었다가 현재로 돌아오곤 했다.

일찍부터 재계약을 하지 않겠다고 마음먹은 건 집주인 숙분 때문이었다. 정말 숙분 때문인가, 망설인 적도 있었지만 역시나 숙분 때문이라는 것이 나경의 결론이었다.

머리끝까지 짜증이 차오르는 날이면 나경은 점심시간에 회사 옥상으로 올라갔다. 담배를 한 대 태우고 수진에게 전화를 걸었다. 이러쿵저러쿵 하소연을 늘어놓으면 수진은 젖병을 소독하거나 칭얼거리는 아이를 어르며 진득하게 나경의 얘기를 들어주었다.

그러려니 해. 심심하신가 보지.

그러려니가 되냐, 넌?

안 될 건 뭐야. 너 괴롭히려고 일부러 그러는 건 아닐 거 아냐.

또 모르지.

너 그거 자의식 과잉이다. 다들 자기 살기 바빠.

수진과의 통화는 매번 짧게 끝났다. 통화하는 몇 분 사이 첫째가 낮잠에서 깨거나 둘째가 뭔가를 쏟거나, 이유는 그때그때 달랐다. 다들 자기 살기 바쁘다는 수진의 말을 새삼 실감했다. 어쩌면 나경의 주변에서 가장 바쁜 사람은 수진일지도 몰랐다. 종일 두 살 터울의 아이들을 돌보고 집안 살림을 챙기고 주말이면 남편과 요양원에 있는 시어머니를 방문하고, 틈틈이 친구의 하소연까지 들어줘야 하니까. 나경으로서는 짐작도 할 수 없는 생활이었다. 수진은 지금의 자신을 짐작이나 했을까. 수진이 이제 끊어야겠다며 나경의 대답도 듣지 않고 전화를 끊을 때면 섭섭하기도 했지만 곧 미안함이 그 자리를 대신했다. 수진의 숨 쉴 틈마저 자신이 파고드는 것 같아서였다. 못다 한 말은 메시지로 남겼다. 답장은 몇 분이나 몇 시간 뒤, 때로는 다음 날 오기도 했다.

나 혹시 너 귀찮게 하는 거야?

무슨 그런 말을 해?

그냥.

하나도 안 귀찮아.

애 둘 키우는 거 많이 힘들지?

사는 거 자체가 힘들지. 힘든 게 디폴트랄까.

어른이네, 한수진.

혼자라고 뭐 달라? 똑같이 힘들지. 남나경 코찔찔이도 많이 컸다.

혼자. 그 두 글자를 나경은 한참 바라봤다.

요즘은 어때? 잠은 잘 자?

응. 잘 자.

나경은 메시지에 이어 혀를 내밀며 발랄하게 웃는 이모티콘을 보냈다. 수진에게 괜한 걱정을 끼치고 싶지 않았다. 나경은 어느 책에선가 각자가 짊어진 삶의 무게는 비교 불가하다는 문구를 읽은 적이 있었다.

하지만 수진이 짊어지고 있는 무게에 비하면 자신의 것은 가볍게만 느껴졌다. 수진에게 말한다면 절대 그렇지 않다고, 너도 만만치 않다고 받아칠 테지만.

수진의 말처럼 다들 자기 살기 바쁘다. 다들 바쁜데, 바쁠 텐데, 도대체 숙분은 왜 그러는 걸까. 아무리 고민해봐도 나경은 숙분을 이해할 수가 없었다.

△

302호로 이사 온 뒤로 나경은 숙분의 행동이 내내 거슬렸다.

출근하거나 외출할 일이 있어 빌라를 나설 때면 나경은 어쩐지 뒤통수가 따가운 느낌이 들었다. 일주일쯤 지나자 나경이 건물 계단을 내려와 골목에 발을 디디는 순간에 절묘한 타이밍으로 4층 창문이 열리는 소리가 난다는 사실을 알아차렸다. 낡은 알루미늄 새시가 끼익, 스르륵 열리고 머리 하나가 빼꼼 보였다 사라졌다. 하루는 건물을 빠져나와 4층 창문을 올려다봤다. 역시나 끼익, 스르륵 소리가 난 뒤 머리 하나가 빼꼼 나왔다 사라졌다. 2, 3층과 달리 1층과 4층은 한 집뿐이었고,

4층에는 숙분 혼자 산다고 들었으므로 그 머리는 숙분이라는 것이 거의 확실했지만 그 일을 대놓고 물어보기가 거북해 일단은 아무런 내색도 하지 않았다. 그래도 감시를 받는 듯한 기분을 떨쳐버릴 수는 없었다.

이삿짐 정리가 마무리되고 두 달쯤 지나자 숙분이 창문을 열고 나경을 내려다보는 일은 줄었다. 대신 다른 거슬리는 일이 생겼다. 나경이 건물 안팎에서 마주친 숙분에게 안녕하세요, 인사하면 숙분은 대답은 하지 않고 뒷짐을 지고 서서 빤히 나경의 얼굴을 들여다봤다. 숙분이 처음부터 그런 행동을 보였는지 기억나지 않았지만, 의식하게 된 뒤로는 은근한 불쾌감을 느꼈다. 뭐야? 사람 얼굴을 왜 그렇게 쳐다보냐고. 나경은 집에 들어와 신을 벗으며 혼잣말을 뱉었다. 어떻게 되냐고. 그러려니가.

한번은 이런 일도 있었다. 어느 일요일 오후였다. 나경이 헌 옷 수거함에 옷을 넣으려던 찰나 어디선가 황급하고 우렁찬 목소리가 들려왔다.

302호! 302호 아가씨!

골목 끝에서 나타난 숙분은 눈 깜짝할 사이에 잰걸음으로 다가와 나경 앞에 섰다. 헌 옷은 자기에게 달라지 않았냐며 옷을 내놓으라는 듯 다짜고짜 손을 내밀었다. 이게 이럴 일인가 싶어 나경은 말없이 숙분을 건너다봤다. 그 틈에 숙분은 헌 옷이 담긴 비닐백을 슬쩍 잡아당겼다. 아, 하는 순간 비닐백은 나경의 손을 떠났고 숙분은 빠르게 뒤돌아 빌라 쪽으로 향했다. 척추를 타고 상승하는 뜨거운 기운을 느끼며 나경은 눈을 질끈 감았다.

나경은 숙분에게 헌 옷을 넘기는 것이 영 내키지 않았다. 입던 옷을 가져가 무엇을 하려는지도 알지 못했고, 당연히 내놓아야 한다는 듯한 숙분의 태도도 못마땅했다. 숙분이 나경의 옷가지를 두고 뭐라고 생각할지도 신경 쓰였다. 어이구, 요즘 젊은 사람들은 멀쩡한 옷을 막 버리네, 쯧쯧. 혀를 차는 숙분의 모습이 머릿속에 그려졌다. 나한테 왜 이래, 진짜?

'창문으로 빼꼼 내려다보기'와 '대답 없이 빤히 얼굴 쳐다보기' '헌 옷 챙기기' 외에도 나경의 신경을 건드리는 일이 여럿 있었다. 매일같이 새벽 5시 반이면 위층에서 들려오는 숙분의 쿵쿵거리는 발걸음 소리도, 2층과 3층 중간 층계참에 쌓아둔 속분의 살림살이도, 이따금 나경의 앞으로 온 택배 상자를 본인 것으로 착각했다며 뜯어보는 일 모두 나경은 갈수록 싫고 불편하기만 했다. 집을 나서거나 잠자리에 들 때, 지하철에서 무례한 사람과 마주치거나 상사에게 선 넘는 말을 들을 때, 문뜩문뜩 숙분의 걸걸한 목소리와 의중을 파악할 수 없는 표정이 떠올랐다. 닦아도 닦아도 계속 내려앉는 먼지처럼 마음 밑바닥에 울분이 쌓여갔다. 다른 세입자들은 집주인의 행동이 전혀 신경 쓰이지 않는 것인지 궁금했지만, 불쑥 벨을 눌러 물어볼 엄두는 나지 않았다. 자신만 과민 반응을 하는 걸까. 전에 이 집에 살았던 사람은 어땠을까. 어쩌면 전 세입자도 참고 참다 이사를 간 것일지도 모른다고, 아니 분명 그랬을 거라고 지레짐작하곤 했다.

돌이켜보면 전세 계약을 했던 날에도 숙분의 행동은 뭔가 이상했다.

생시가 어떻게 돼요?

네?

계약서를 살펴보던 숙분이 돋보기안경을 누빔 조끼 안주머니에 집어넣고는 다시 물었다.

몇 시에 태어났냐고요.

아, 저요? 11시 반쯤?

오전?

네.

잠깐 기다려보라며 숙분이 밖으로 나갔다. 누군가와 통화를 하는지 우렁찬 목소리가 들렸지만 내용을 알아들을 수는 없었다. 엉겁결에 생시를 말해놓고 나경은 뒤늦게 어리둥절해졌다. 세입자 생시는 알아서 뭐 하나? 그런 건 왜 물으시냐고 물어볼까? 나경은 공연히 소파 옆에 놓인 금전수의 새로 돋은 잎사귀를 만지작거렸다.

아시죠? 이 가격이면 아주 싸게 나온 거예요.

공인중개사사무소 사장이 탁자 위에 믹스커피 한 잔과 작은 복주머니가 달린 열쇠 꾸러미를 내려놓았다. 나경은 벌써 여러 차례 봤던 등기부등본을 들추며 고개를 끄덕였다. 직장까지 지하철로 여덟 정거장, 지하철역까지 걸어서 10분. 4층 건물에 3층 집, 방 두 개, 보일러실을 겸한 작은 베란다. 채광이나 통풍도 나쁘지 않아 보였다. 지은 지 20년이 넘었지만 얼마 전 도배와 장판을 새로 했다는 점도 만족스러운 조건이었다. 처음에는 시세보다 눈에 띄게 저렴하다는 게 의심스러웠지만 서류에는 아무런 문제가 없었다. 직접 보니 혼자 살기에 썩 괜찮은 집이었다. 건물에 사는 세입자들이 모두 여자라는 사장의 말도 어쩐지 안심이 됐다. 특별히 걸리는 사항이 없으면 계약을 하려고 왔는데 뜬금없이 생시라니.

15분쯤 지나 숙분이 돌아왔다. 나갈 때와는 달리 얼굴에 화색을 띠고 있었다. 숙분은 소파에 앉자마자 안주머니에서 도장을 꺼냈다. 인주를 묻히고 시원스레 도장을 찍고는 나경에게 계약서를 건넸다. 시원스러운 숙분의 태도에 홀린 사람처럼 나경도 두말없이 도장을 찍었다. 그럼 이사 들어올 때 보자며 숙분이 먼저 자리를 털고 일어섰다.

돌아오는 길에 나경은 택시를 탔다. 온몸에 기운이 죄다 빠져나간 것만 같았다. 가방을 어깨에 그대로 두른 채 좌석 깊숙이 등을 파묻었다. 혼자서는 처음 해보는 집 계약이었다. 그동안은 언제나 누군가가 곁에 있었다. 엄마나 아버지, 수진이 있을 때도 있었고 필규가 함께한 적도 있었다. 필규와 이혼을 했을 뿐인데 괜스레 가까운 사람들 모두와 멀어진 것만 같았다. 이제 한고비 넘겼다는 안도와 이유 모를 찜찜한 기분이 뒤섞여 눈꺼풀 위로 내려앉았다. 차창 너머로 늘어선 자동차들의 후미등이 붉게 빛났다. 멍하니 밖을 보다가 계약서와 열쇠가 잘 있는지 가방 속을 확인했다. 무사했다. 열쇠 꾸러미에 달린 붉은 복주머니를 꺼내 보았다. 비단 조각을 잇대어 만든 복주머니는 갓난아기 손바닥만큼 작았다. 한가운데 금색 실로 '福'이 수놓아져 있었다. 나경은 조그맣고 보드라운 비단을 매만졌다. 그러다 돌연 차창으로 눈길을 돌렸다. 참을 수 없이 졸음이 쏟아졌다. 이사와 관련된 잡념 끝에 생시를 물었던 숙분이 다시금 떠올랐지만 나경은 눈을 감아버렸다.

정말 그런 생각을 해?

꼬리의 꼬리를 물고 이런저런 생각이 끊임없이 이어질 때면 필규가 했던 말이 기억났다. 정말 그런 생각을 한다고? 나경아. 생각은 생각일 뿐이지 사실이 아니잖아. 생각을 멈추려고 노력해봐. 악의라고는 없는 순진무구한 얼굴, 지치지도 않는 한결같은 말투. 필규가 나경의 어깨 위에 다정하게 손을 얹으면 나경은 되레 말문을 닫아버리곤 했다. 긁힌 자리를 또다시 긁힌 것처럼 가슴속이 따끔거렸다.

나경은 베란다로 나갔다. 속이 답답할 때면 가끔

씩 베란다에서 환풍기를 켜고 담배를 태웠다. 이혼 전에는 입에도 대지 않던 담배를 물고 있으면, 학창 시절에도 해본 적 없는 일탈을 뒤늦게 저지르는 기분이 들었다. 보일러와 세탁기 한 대가 겨우 들어가는 좁은 베란다에서 세탁기에 기대어 연기를 내뿜으면, 천천히 사라지는 연기를 가만히 보고 있으면 속이 좀 뚫리는 것 같았다. 이사 오기 전부터 설치되어 있던 구형 환풍기에는 가장자리를 둘러 빼곡하게 야광별 스티커가 붙어 있었다. 떼어버릴까도 싶었지만 밤이 되면 은은하게 빛나는 별들을 보며 담배를 태우는 맛이 나쁘지 않아 그대로 놔두었다. 누가 붙였을까. 왜 방 천장이나 창문이 아니라 베란다에, 그것도 누렇게 변색된 환풍기에 야광별 스티커 같은 걸 붙여놓았을까. 나경은 궁금했다.

▷

나경의 회사 컴퓨터 바탕화면 구석 '새 폴더(4)'에는 폴더 속 폴더 속 폴더 속에 '재말유'라는 이름의 엑셀 파일이 있었다. 시트에는 '재계약을 하지 말아야 할 이유'가 27번까지 정리되어 있었다. 그러나 해가 바뀌고, 직원들의 연말 정산 처리와 전년도 회계 감사, 주말 포함 5일간의 설 연휴가 지나 1/4분기 회계 결산 보고서를 제출하고 났을 즈음이 되자 '재말유'는 거의 열어보지 않는 파일이 되었다. 그렇다고 휴지통에 넣어버리지도 않았다. 파일이 거기 숨겨져 있다는 사실만으로도 숙분에 대한 불만을 가라앉힐 수 있었다.

벚꽃이 거의 다 졌을 무렵, 101호에 새로운 세입자가 들어왔다. 호수는 101호지만 실상은 반지하인 그 집에 전에는 누가 살고 있었는지 나경은 알지 못했다. 빌라에는 여자 세입자들만 산다고 들었는데 나경이 건물을 드나들며 만난 사람은 숙분뿐이었다.

나경은 마트에 다녀오는 길에 건물 입구를 막고 서 있는 용달 트럭을 봤다. 트럭 짐칸에는 잘 관리된 나비장, 찬장, 서안 같은 고가구 몇 채와 종이 상자 여러 짝, 화분들이 실려 있었다. 수십 개는 되어 보였다. 돈나무, 떡갈잎고무나무, 테이블야자, 몬스테라, 산세비에리아, 크로톤……. 이름을 모르는 식물들이 더 많았다. 그 자체로 작은 정원이었다.

어떤 아이가 좋아요?

마른 체구에 흰머리를 단정하게 빗어 넘긴 어르

신이 다가와 물었다. 나경이 바로 앞에 놓인 키 작은 호야를 건너다보자 그녀는 망설이지 않고 호야를 집어 나경에게 건넸다.

이것도 인연이니까.

아, 식물을 잘 못 키워서요.

나경이 손사래를 치자 그녀가 빙그레 웃었다. 눈매가 서글서글했다.

그럼 가끔 보러 와요. 여기 옥상으로.

저는 302호예요.

이름이?

네?

난 단심, 김단심이에요.

101호에 단심이 이사 온 뒤로 건물 분위기가 묘하게 달라졌다. 딱 꼬집어 설명하기는 어려웠지만 건물과 건물 주변의 시간이 느릿하게 흐르는 것만 같았다. 출근 시간쯤이 되면 반지하에서 목탁 두드리는 소리가 나직하게 울리고 옅은 향냄새도 풍겨왔다. 언젠가부터 건물 앞 골목은 깨끗하게 비질이 되어 있고 빌라 입구에 달린 칠이 벗겨진 우편함도 선홍색 페인트로 칠해져 있었다. 건물 옆에 버려져 있다시피 했던 자투리 화단에는 보라색과 노란색 팬지가 들어섰다. 맞은편 건물 모퉁이에 있는 감나무 밑도 소란스러워졌다. 낡은 의자 몇 개가 쓸쓸하게 놓여 있던 그곳에서 단심과 숙분, 근처 어르신들이 모여 수시로 수다를 떨고 깔깔거리며 웃었다.

단심은 이따금 전을 부쳐 주변에 돌리기도 했다. 납작납작하게 썬 고구마를 깻잎에 감싼 전, 팽이버섯을 동그랗게 펼치고 그 위에 달걀을 풀어 구운 전, 꼬들꼬들한 현미밥에 청양고추를 총총 썰어 넣은 막장을 비벼 누룽지처럼 바삭하게 부친 전. 나경은 여름 동안 듣도 보도 못 했던 전들을 맛보았다. 101호의 반쯤 열린 현관문 틈으로 고소한 기름 냄새가 올라와 건물에 진동하면 나경은 저도 모르게 군침을 삼켰다. 빈 대나무 채반을 그냥 돌려주기가 민망해 초콜릿이나 쿠키를 담아 101호로 내려가면 단심은 무슨 공부를 하는지 반질반질한 느티나무 서안 앞에 앉아 있다가 반색하며 뒤돌아봤다.

매번 고마워, 나경 씨.

나경은 단심을 단심 할머니라고 불렀다. 이름으로 불러달라는 단심의 부탁이 있어서였다. 나경은 단심의 집에 잠시 머무는 동안 202호 미래 씨가 직접 뜬 도일리 코스터를 사용하고, 201호 현정 씨가 가져다준 세작 녹차를 마시거나 301호 기연 씨가 출장 다녀오는 길에 사 왔다는 망개떡을 먹었다. 나경은 만난 적 없는 다른 세입자들을 단심을 통해 알게 되었다. 단심은 그녀들의 시시콜콜한 사정까지 떠벌리지는 않았다. 그저 그녀들이 가져다주었다는 물건이나 먹거리에 관해 지나가듯 슬쩍 얘기했을 뿐이다.

나경은 단심의 집에서 있었던 일을 수진에게 자세하게 전하곤 했다.

그런 분은 진짜 처음 봐.

보기 드문 분이긴 하네.

주인집 할머니랑 친구라는 게 반전이지.

주인집은 요즘 어때?

똑같지 뭐.

훗. 수진이 입바람을 불며 웃었다.

왜?

너 전에 주인집 할머니 얘기할 때도 그런 캐릭터는 진짜 처음 본다고 했었어.

그랬나?

우리 서준이, 하준이 보면서 나도 그러거든. 이런 애들은 진짜 처음 본다고.

뭐가 우스운지 수진이 나직하게 웃었다. 첫째가 어린이집에 다니기 시작하면서 조금 여유가 생긴 덕분인지 목소리가 한결 편안하게 들렸다. 나경도 수진을 따라 웃었다. 전화를 끊고 회사 옥상 난간 앞에 서서 한낮의 오피스 타운을 굽어보았다. 아마도 모두 처음 보는 사람들. 바쁘게 인도를 오가는 근처 직장인들의 정수리가 작은 점처럼 보였다. 길 위에서 무수한 점들이 모이고 흩어지고 흘러갔다. 오랜만이었다. 이유도 모르면서 아무 생각 없이 웃은 것이.

나경은 마음속에 선명한 감정이 떠오를 때면, 특히나 자신도 모르게 웃고 있을 때면 이혼한 뒤로부터 얼마나 시간이 지났는지를 헤아려보곤 했다.

이혼한 뒤 나경은 2년이 넘도록 불면증에 시달렸다. 밤이면 맥주를 한 캔 마시고 잠자리에 모로 누워 핸드폰으로 우주와 관련된 다큐멘터리를 찾아봤다. SNS에서 일명 '수면 영상'으로 알려진 다큐멘터리는 즐겨찾기를 해둘 정도로 자주 봤다. 다중우주론에 관한 영상도 많이 봤는데 우리가 속한 우주 말고도 셀 수 없이 많은 우주가 존재한다는 내용이었다. 3D 그래픽으로 만들어진 영상이었지만 가만히 화면을 들여다보고 있으면 알 수 없는 시공간 속으로 빠져드는 듯했다. 지구가 점만큼 작아지고 태양계와 우리은하도 점만큼 작아진다. 더 먼 우주마저도 마침내 하나의 물방울만큼 작아지고 그런 물방울들이 모여 수없이 많은 물방울이 되고 강이나 바다처럼 보이게 되는 순간을 보고 있으면 나경은 등골이 서늘해졌고 동시에 어떤 안도감이 들었다.

영상이 끝나면 천장을 바라보고 누워 눈을 감았다. 누워 있는 침대와 붙박이장, 화장대가 있는 안방이, 신혼살림으로 장만했던 가구들이 들어찬 집이 작아지고 도시와 나라가, 지구와 태양계가 작아지는 상상을 했다. 그렇게 나경의 존재가 작아져 점이 되고 더는 보이지 않을 만큼이 되면, 침대와 바닥을 뚫고 땅속을 뚫고 아래로 더 아래로 가라앉으면 아늑한 어둠 속에서 잠이 들었다. 아무리 작아져도 잠이 오지 않는 날에는 처방받은 수면제를 삼켰다.

아침에 눈을 떠 세면대 앞에 서면 나경은 어제와 다름없는 자신의 모습을 거울 속에서 확인했다. 거울에 비친 몸과 얼굴, 두 눈을 마주해도 아무런 감정을 느낄 수가 없었다. 적요한 무감각뿐이었다. 나경은 매일 자신의 삶을 유리창 너머 풍경을 보듯 건너다보았다. 더는 울 일도 웃을 일도 없을 거라고 철석같이 믿었다. 그렇게 불변할 것 같던 나날로부터 4년이 흘렀다.

나경은 상담을 받으러 다닐 때 의사가 했던 말을 자주 떠올렸다. 사람들은 흔히 뛸 듯이 기쁜 일이 벌어지거나 기분 좋은 상태가 계속 유지되는 게 행복이라고 생각하는데 실은 그렇지 않아요. 일상을 뒤흔드는 큰 불행이나 걱정거리가 없는 상태, 조금은 단조롭게 느껴지는 날들이 행복에 더 가까워요. 나경 씨, 기준선을 좀 낮춰보면 어떨까요.

▽

토요일, 나경은 점심나절까지 늦잠을 잤다. 새벽에 한 번도 깨지 않고 푹 잔 덕인지 몸이 개운했다. 밤새 갇혀 있던 공기를 바꾸려고 창을 열었다. 청량한 가을바람이 불어왔다. 어제 밤늦게 팀 회식을 마치고 돌아오는 길에 맞은편 건물 감나무에 달린 대봉감과 자투리 화단에 핀 노란색과 흰색 국화를 보았다. 계절이 한 바퀴 돌아 다시 가을이 왔다. 나경이 302호에 산 지도 1년이 넘었다.

모처럼 아껴두었던 선향에 불을 붙였다. 원두를 갈아 정성스럽게 드립 커피를 한 잔 내렸다. 타들어가는 선향을 느긋하게 지켜보면서 커피를 마셨다. 골목 어디선가 서로 이름을 부르고 고함을 지르며 뛰어가는 아이들의 웃음소리가 들렸다. 적당히 소란스럽고 단조로운 시간이 싫지 않았다. 마트 가는 길에 산책도 할 겸 모자와 지갑을 에코백에 넣고 현관을 나섰다.

4층 계단 끝에 단심이 서 있었다. 한 손으로는 전화를 걸고 다른 손으로는 4층 벨을 연이어 누르고 있었다. 나경을 본 단심이 떨리는 목소리로 물었다.

나경 씨, 오늘 숙분이 봤어요?

아니요.

이상하네. 분명 집에 있는 것 같은데.

나경은 오늘 새벽에는 숙분의 쿵쿵거리는 발걸음 소리를 듣지 못했다는 것을 깨달았다. 술기운에 깊이 잠들어 듣지 못한 것인지도 몰랐다.

잠깐 어디 가신 거 아닐까요?

그럼 나한테 말을 했을 텐데. 이따가 같이 한의원 가기로 했거든.

단심의 눈빛이 불안하게 흔들렸다. 단심은 숙분을 알고 있는 주변 이웃과 지인들에게 전화를 걸었다. 차마 수심이 가득한 단심을 두고 자리를 뜰 수 없어 나경은 단심 곁에 서 있었다. 통화가 된 사람들 모두 어제 저녁 이후로는 숙분을 보지 못했다고 했다. 이웃 어르신 두 분이 빌라로 찾아왔다. 슬슬 나경도 걱정이 되기 시작했다. 여기저기 연락을 돌려 지방에 살고 있다는 숙분의 막내아들 연락처를 알게 됐지만 단심은 통화를 주저했다. 그러고는 4층 현관문을 잠깐 올려다보더니 결심한 듯 말했다.

119를 불러야겠어요.

이날도 숙분은 어김없이 새벽 5시 반에 일어났다. 잠에서 깨자마자 부엌으로 가 전기밥솥에 올려둔 식혜를 국자로 휘저어봤다. 식혜 빛깔이며 밥알이 잘 뭉그러지는 걸 보니 이번 것은 유달리 맛이 좋을 것 같아 절로 흐뭇한 미소가 지어졌다. 숙분의 식혜는 막내아들이 제일 좋아했다. 요즘 사람들도 식혜를 좋아하나? 밑에 아가씨들에게 좀 나눠줄까, 생각하다 아무래도 부담스러워할 것 같아 그만두기로 했다. 한 병은 단심에게 주고 한 병은 숙분이 먹고, 나머지는 냉동실에 얼려두었다가 추석에 오는 자식들이 있으면 내놓아야겠다고 숙분은 머릿속으로 셈했다. 빈 생수병에 깔때기를 꽂고 한 방울이라도 흘릴세라 조심스럽게 식혜를 옮겨 담았다. 부엌을 정리하고 베란다로 나가보니 날이 무척 맑았다. 바람이 선선하고 건조한 것이 이불을 빨기에 적당한 날씨였다. 생각난 김에 세탁기에 홑이불 두 장과 베갯잇을 넣고 불려놓았다. 점심에는 단심과 간단하게 열무김치에 밥을 비벼 먹고 한의원에 가볼 작정이었다. 근래 좀 나아지나 싶었던 무릎이 또다시 말썽이었다. 침을 맞고 오면 며칠은 그럭저럭 지낼 만했다.

한의원에 가기 전에 미루었던 머리 염색을 하기로 했다. 어느새 흰머리가 눈에 띄게 올라와 있었다. 숙분은 염색약을 들고 화장실로 갔다. 목에 비닐을 두르고 거울을 보며 염색약을 꼼꼼하게 발랐다. 늘 똑같은 염색약을 쓰는데도 어떤 때는 너무 새까맣게 물이 들어 촌스러워 보이곤 했다. 이번에는 시간을 정확하게 지키겠노라며 비장하게 빗질을 했다. 그때 화장실 전등이 깜빡거리는가 싶더니 퍽 소리와 함께 전등불이 나갔다. 숙분은 염색약을 마저 바르고 비닐장갑을 벗었다. 전등 스위치를 몇 번 켜보고는 늘 그래 왔듯 사다 놓은 전구를 신발장 서랍에서 찾아오고 의자를 화장실로 옮겼다. 집에는 플라스틱 의자도 있었지만 둘째 딸이 플라스틱 의자에 올라서는 숙분을 보며 기겁하던 것이 떠올라 일부러 식탁에 딸린 묵직한 원목 의자를 끌어왔다. 시계를 보니 전구를 갈고 염색약을 씻어내면 시간이 알맞을 것 같았다. 모든 일이 계획대로 착착 진행되었다. 숙분이 의자 위로 올라가 전등갓을 열기 전까지는.

구급대원들이 10분 넘도록 문을 두드렸다. 아무런 기척이 들리지 않자 잠긴 철창문을 열었다. 현관문 도어 록을 부수고 집 안으로 들어갔을 때 숙분은 왼쪽 고관절 뼈가 부러진 채로 화장실 문 앞에 쓰러져 있었다. 눈물과 염색약으로 얼룩진 얼굴로 겨우 단심을 올려다봤다. 울먹이는 목소리가 아주 작게 새어 나왔다.

아이고……. 언니…….

나경이 택시를 타고 구급차를 뒤따라갔다. 숙분은 응급실에서 검사실로 다시 수술실로 옮겨졌다. 단심은 여느 때와 다르지 않은 침착한 태도로 숙분을 안심시키고 병원 이곳저곳을 옮겨 다니며 필요한 일들을 처리했다. 숙분은 평소 꼬장꼬장하고 무뚝뚝한 모습과 달리 줄곧 겁먹은 아이처럼 주눅이 들어 있었다. 통증이 심한지 미간이 자꾸만 일그러졌다. 숙분이 수술실에 들어가고 나서야 단심은 숙분의 막내아들에게 전화를 걸어 자초지종을 설명했다. 단심과 나경은 수술실 앞 복도 의자에 앉아 숨을 돌렸다.

물 좀 드세요.

나경이 생수병을 내밀자 단심이 단숨에 물을 넘기고 긴 숨을 뱉었다.

고마워서 어째. 나경 씨도 많이 놀랐지?

네, 좀.

살다 보니 별일이 다 있다, 그치?

그래도 다행이에요.

그러게. 난 또 사달이 날까 봐 겁나더라고.

또요?

단심이 고개를 돌려 물끄러미 나경을 봤다.

나경 씨, 그 일 모르는구나?

단심과 숙분은 4년 전 재회했다. 55년 만이었다. 두 사람은 동향으로 해방 이후에 태어나 한국전쟁을 겪었다. 지독한 가난 속에서 굶주림과 병으로 가족을 잃기도 했다. 단심이 세 살 위였지만 어린 시절 친구처럼 허물없이 지내며 성장했다. 고향에서 선산을 지키며 사는 외사촌 남동생으로부터 단심의 소식과 연락처를 전해 받았을 때 숙분은 망설임 없이 단심에게 전화를 걸었다. 두 사람은 서로의 이름을 불러보고는 한참을 울기만 했다. 다음 날 숙분이 지하철로 한 시간을 달려 단심을 만나러 갔다. 지척에 살고 있었는데 그간 왜 우연이라도 한 번 마주치지 못했는지 하늘이 야속하기만 했다. 단심과 숙분은 손을 맞잡고 앉아 그동안 살아온 얘기를 나누었다. 마음만은 단심이 스물하나, 숙분이 열여덟이었던 때로 돌아간 것 같았지만 서로의 주름진 얼굴과 손, 굽은 등허리를 보자 세월의 풍파를 절감했다. 그날 단심과 숙분의 얘기는 끝나지 않을 것처럼 밤새도록 이어졌다.

그 후로 숙분은 종종 단심에게 같이 살자고, 아니면 가까이에라도 살자는 말을 꺼냈다. 이제 우리 둘다 독거인데 거리낄 것이 뭐가 있냐고 우리가 살면 얼마나 더 살겠느냐고, 남은 날들은 곁에서 의지하며 지내자고 했다. 잊을 만하면 조르는 숙분에게 단심은 선뜻 대답을 내놓지 못했다. 그러다 지난해 '그 일'이 있고 나서야 단심은 숙분 가까이에서 살기로 마음먹었다.

작년 4월 초닷새였지, 아마? 지금 생각해도 참 안됐어. 이름도 고왔는데.

단심은 투명한 생수병을 매만지며 잠시 말을 잃었다.

이미리내.

◁

'그 일'은 나경이 이사 오기 다섯 달 전쯤에 일어났다.

매달 1일, 늦지 않고 꼬박꼬박 들어오던 302호의 계단 청소비가 입금되지 않자 숙분은 다음 날 아래층으로 내려가 302호의 벨을 눌렀다. 그러나 아무런 대답이 없어 도로 집으로 올라왔다. 다음 날에도 아침 8시쯤 천변으로 운동을 가는 길에 302호의 벨을 눌렀다. 아무런 기척이 없었다. 숙분은 302호 아가씨가 어디 여행이라도 갔나 생각했다. 워낙 조용한 성격이라 들어오고 나가는 모습이 거의 눈에 띄지 않았다. 쓰레기를 함부로 내놓거나 집으로 친구들을 몰고 와 시끄럽게 구는 일도 없었다. 계단 청소비야 며칠 지나 받는다고 큰일 날 것도 없었다. 302호 아가씨는 숙분이 벨을 누르면 기껏해야 얼굴을 내밀 수 있을 정도만 현관문을 열고 밖을 내다보곤 했다. 수줍고 파리한 얼굴을 떠올리며 숙분은 선 캡을 눌러썼다.

이틀이 지났다. 숙분은 음식물 쓰레기를 내놓고 올라오는 길에 며칠째 302호 문 앞에 놓여 있는 택배 상자를 벽 모서리로 옮겨두었다. 제법 무게가 나갔다. 얼핏 봐서는 안에 뭐가 들어 있는지, 혹시 상할 수 있는 음식이라도 들어 있는 것은 아닌지 알 수가 없었다. 숙분은 겉면에 붙은 송장을 살펴보다가 302호 아가씨에게 전화라도 걸어볼까 망설였다. 요즘 젊은 사람들은 집주인이 불쑥 전화하는 걸 싫어한다는 얘기를 들은 적이 있었다. 문자 메시지라도 보낼까 싶어 폴더폰을 열었다. 메시지가 오면 읽기만 했지 잘 보내지를 않아 도통 뭐가 뭔지 헷갈렸다. 이것저것 버튼을 눌러보고 있는데 301호의 문이 열렸다. 기연이 손에 쓰레기를 들고 나왔다가 숙분을 보고는 목례를 했다.

마침 잘됐네. 301호 아가씨, 이걸로 문자 좀 보내줘요.

기연이 쓰레기를 내려놓고 폴더폰을 받아 들었다.

302호 아가씨한테 보낼 건데. 어디를 간 건지 청소비도 안 내고, 택배도 와 있는데.

전화벨 소리가 계속 들리던데요. 좀 전에도…….

기연은 며칠 사이 싱크대 수챗구멍에서 희미하게 들려오던 핸드폰 벨 소리를 떠올렸다. 벨 소리는 끈질기게 이어지다 뚝 끊어지길 반복했다. 불편을 느낄 정도는 아니라서 알은체를 하지는 않았다. 그저 왜 저렇게 전화를 안 받나, 안 받을 거면 진동으로 해두지, 생각했을 뿐이다.

전화를 해볼까요?

숙분이 고개를 끄덕였다. 기연이 '302호'로 저장된 연락처를 찾아 통화 버튼을 눌렀다. 문을 열고 집으로 들어가 싱크대 앞에 섰다. 통화 연결음이 이어지자 수챗구멍에서 벨 소리가 희미하게 들려왔다. 기연이 숙분을 돌아보자 숙분도 신을 벗고 들어와 기연 옆에 섰다. 숙분의 귀에도 희미한 벨 소리가 들렸다. 기연이 종료 버튼을 누르자 벨 소리가 멈췄다. 다시 통화 버튼을 눌러보았다. 마찬가지였다. 기연과 숙분의 눈이 마주쳤다. 두 사람은 서로의 눈빛에서 불안과 불길함을 읽어냈다. 기연이 침착하게 말했다.

119를 부를게요.

안방에 텐트가 쳐져 있었대. 텐트 안에서 꼭 잠든 사람처럼 누워 있었다고 하더라고.

단심은 수술실 앞 모니터를 힐끔 올려다봤다. 숙분의 수술이 예상보다 길어지고 있었다. 나경은 단심이 하는 이야기를 잠자코 듣고만 있었다.

구급대원에 이어 경찰 두 사람이 왔다. 숙분과 기연에게 302호에 살았던 사람에 관해 묻고 돌아갔다. 302호에는 가구나 물건이 많지 않았다. 플라스틱 서랍장 두 개와 낮은 책장은 거의 비어 있었다. 찬장, 신발장, 냉장고에도 최소한의 물건만 들어 있었다. 작은방에는 노끈으로 묶인 책 꾸러미들과 밥상으로 쓰였을 법한 자그마한 상 하나, 그 위에 영양제 몇 통, 담배 한 갑과 라이터가 있었다. 상 밑에는 솜이 한쪽으로 뭉친 낡은 방석이 놓여 있었다. 안방의 텐트 옆에는 커다란 여행용 배낭이 가지런히 벽에 기대어 있었는데 곧 멀리 여행이라도 떠나려는 사람의 짐 같았다고 나중에 다시 찾아온 경찰이 숙분에게 알려주었다. 범행이나 자살의 흔적이 없는 것으로 보아 지병이나 돌연사의 가능성이 있다고 했다. 정확한 사인은 부검을 통해 알 수 있다고.

이미리내 씨, 연고자가 없으시더라고요.

부엌에서 가까운 작은 방 콘센트에 핸드폰 충전기가 꽂혀 있었고 그 덕에 전원이 꺼지지 않고 계속 벨소리가 난 모양이라고 했다. 핸드폰에 암호가 설정되어 있지 않아 부재중으로 남겨진 번호로 전화를 걸어보니 직장 상사와 동료였다. 연락처에는 친척이나 가깝게 지내던 친구가 없었다. 그나마 일찍 발견해 다행이라고 경찰은 말했다.

나흘 뒤 숙분은 구청으로부터 미리내가 무연고자로 확정되었다는 연락을 받았다. 그 소식을 전해 들은 기연이 공영장례를 지원하는 단체에 장례 지원 신청을 했다. 302호에 남겨진 미리내의 유품은 숙분이 손수 정리했다. 서랍에서 찾은 반명함판 증명사진을 확대해 영정 사진으로 만들었다. 기연이 다른 세입자들에게 302호의 소식을 전했다. 미리내의 장례는 공영장례로

치러졌다. 전용 빈소에서 자원봉사자들의 도움을 받아 간소하게 예식을 치렀다. 참석한 사람은 숙분과 기연, 미리내의 직장 상사와 동료 둘이 전부였다.

장례식이 끝나고 숙분은 사십구재가 되는 날까지 매일 302호의 현관문을 열어두고 향을 피웠다. 미리내의 유품은 상자에 담아 4층에 올려놓았다. 혹시 나중에라도 누군가가 찾아올지도 모른다는 생각에 버릴 수가 없었다. 사십구재 날에는 302호 안방에 조촐한 제사상을 마련했다. 그날은 단심도 일찍 가게를 접고 따로 부쳐두었던 전을 싸 들고 숙분을 만나러 갔다. 사위에 어둠이 내리자 빌라의 세입자들과 주변 이웃 몇이 302호를 찾아왔다. 고인의 명복을 빌고 제삿밥을 먹고 돌아갔다.

사십구재를 지내고 나서야 숙분은 벽지와 장판을 새로 갈았다. 처음에는 단심이 들어올 계획으로 집을 내놓지 않았는데, 단심이 살던 집과 20년 가까이 해오던 백반집도 정리하기로 하면서 이사가 계속 미뤄졌다. 숙분과 단심은 상의 끝에 일단 302호에 세를 놓기로 했다. 그해 가을, 302호로 나경이 이사를 왔다.

뒤늦게 소문을 들은 주변 이웃들은 숙분을 불러

세워 묻곤 했다. 무슨 말 못 할 사연이라도 있는 것인지 궁금해죽겠다는 눈빛들이었다. 장례식에 사십구재까지 나서서 챙기는 숙분을 수상하게 여기는 이들도 있었다. 2년 남짓 살다 간 세입자에게 집주인이 뭘 그렇게까지 하느냐고 묻기도 했다. 그러면 숙분은 대답했다.

미안하잖아. 그렇게 혼자 가게 한 게.

수술이 끝났다는 표시가 모니터에 뜨자 단심은 이야기를 멈추고 손을 뻗어 나경의 손을 꽉 움켜잡았다. 식은땀이 배어 축축했다. 나경은 단심의 손등 위에 다른 손을 포개었다.

○

옥상으로 와요.

토요일 오후, 단심이 나경의 집 벨을 눌렀다. 옥상에 심어놓은 튤립 구근에서 잎이 올라왔다고 몇 송이 가져가라고 했다. 나경은 파카를 걸치고 집을 나섰다.

4층 철창문을 지나 숙분의 집 오른편에 있는 좁고 가파른 계단을 올랐다. 간유리가 끼워진 알루미늄 문을 열자 옥상이 나타났다. 옥상에 와본 것은 처음이었다. 바닥에 녹색 방수 페인트가 칠해진 옥상 한쪽에는 비닐하우스를 닮은 작은 천막이 있었다. 안에는 온갖 화분들이 가득 들어앉아 있고, 앞에는 빈 화분, 흙 포대, 고무호스, 호미 등이 가지런히 정리되어 있었다. 반대편에는 빨래 건조대와 빨랫줄이, 구석에는 장독 몇 개가 놓여 있었다. 나경은 외할머니댁 앞마당에 들어선 듯한 착각마저 들었다. 단심과 숙분은 평상 위에 신문지를 깔고 앉아 텃밭용 화분에서 작은 화분들로 튤립을 옮겨 심고 있었다. 구근에서 넓은 잎사귀가 부드럽게 뻗어 나온 튤립들을 보니 다가오는 봄을 느낄 수 있었다.

어서 와요.

단심이 손을 멈추고 반기자 숙분도 머리를 들어 나경을 돌아봤다.

302호 아가씨도 마음에 드는 애로 데려가.

야무진 손놀림으로 화분 속에 흙을 채워 넣으며 숙분이 말했다.

숙분은 인공관절 수술을 받고 한 달 뒤에 퇴원했다. 4층까지 오르락내리락하기가 힘들어 걷기 수월해질 때까지 101호에서 지냈다. 단심이 자주 1층과 4층을 오가며 살림을 살피고 숙분과 통원 치료도 함께 다녔다. 그러는 사이 가을이 깊어지고 겨울이 왔다. 나경이 가끔가다 단심의 집으로 내려가면 숙분은 변함없이 무뚝뚝한 표정으로 방석을 내주곤 했다. 단심의 집에서 301호 기연 씨, 202호 미래 씨와 마주치기도 했는데 그러면 자연스레 다 같이 둘러앉아 차를 마시고 단심이 만들어주는 고구마맛탕이나 수수부꾸미, 카스텔라경단 같은 달고 부드럽고 따뜻한 간식들을 나눠 먹었다. 그렇게 해가 바뀌었고, 얼마 전부터는 진짜 겨울이 끝나나 싶을 만큼 포근한 날들이 찾아왔다.

골랐어?

숙분이 장갑에 묻은 흙을 털며 물었다. 나경은 화분들을 찬찬히 살펴봤다. 아직 꽃봉오리가 올라오지 않아 꽃 색깔을 구별할 수가 없었다.

못 고르겠으면 이거 가져가.

특별 대우네? 네그리타는 걔들뿐인데.

숙분은 튤립이 세 송이씩 심긴 화분 두 개를 나경 쪽으로 밀어주었다.

저도 뭐 도울까요?

다 했는데 뭘. 손만 더러워지지. 거기 식혜나 마

시고 앉았다 가.

숙분이 평상 모서리에 있는 보온병을 가리켰다. 왼쪽 다리를 쭉 뻗고 앉아 있는 모습이 이제는 꽤 편안해 보였다. 수술 후에 숙분은 전처럼 잰걸음으로 걷기는 힘들었지만 예후가 좋은 편이었다. 나경은 평상 끝에 걸터앉아 김이 모락모락 피어오르는 식혜를 마셨다. 코끝에서 생강 향이 은은하게 번졌다.

가져다주시는 전이요. 어떻게 그렇게 빛깔이 노르스름하고 고와요?

나경 씨 눈썰미 좋네? 반죽에 치자 꽃물을 넣어서 그래. 내 비법.

식혜도 맛있어요.

그건 숙분이 솜씨.

저, 전부터 궁금한 게 있었는데요.

숙분과 단심이 동시에 나경을 쳐다봤다.

아, 숙분 할머니한테요.

응?

계약하던 날에요. 제 생시는 왜 물어보셨던 거예요?

아…….

숙분의 얼굴에 당황한 기색이 역력했다.

수 기운이 많다고 해서, 이 집터에. 나도 그렇고. 목 기운이 들어오면 좋대서.

저 몰래 제 사주를 보신 거예요?

기운만 봤지, 기운만. 다행이었지 뭐. 302호 아가씨가 목 기운이 강하다고 했거든.

나경이 아무런 대답이 없자 숙분은 멋쩍은 듯 뒷머리를 긁으며 눈치를 살폈다.

저는 토 기운이 많다고 알고 있는데요.

응?

숙분이 고개를 획 돌려 단심을 쳐다봤다. 단심이 슬며시 입꼬리를 올렸다.

거짓말했어?

거짓말이지, 그럼.

깜빡 속았네. 이 언니한테?

목 기운 없으면 세 안 주게? 그런 데 쓰라고 공부하는 거 아니라고 몇 번을 말했는데.

웃기는 언니네, 진짜.

웃긴 건 숙분이 너지. 나경 씨한테 사과해, 너.

두 사람의 눈길이 나경을 향했다. 숙분이 장갑

을 벗으며 목을 가다듬었다.

내가 미안해. 302호, 아니다, 나경 씨.

네.

나경 씨, 사과 한번 제대로 받을 줄 아네.

단심의 말에 세 사람은 소리 내어 웃었다.

튤립은 보름쯤 지나 선이 고운 보라색 꽃을 피웠다. 꽃이 피었다가 서서히 시드는 모습을 나경은 출근하기 전 창가에 서서 잠깐씩 들여다봤다. 꽃이 완전히 지자 단심이 튤립 화분을 가지러 왔다. 구근을 잘 보관해두었다가 첫서리가 내리기 전 옥상에 함께 모여 다시 심기로 했다.

환풍기 날개가 빠르게 제자리를 맴돈다. 베란다 천장 밑, 기다란 창문 모기장 위에 실리콘으로 조악하게 붙여놓은 구형 환풍기. 회전하는 날개 사이로 빨려 들어가는 담배 연기를 올려다보면서 나경은 미리내, 하고 말해본다. 고개를 젖혀 한숨 섞인 연기를 천천히 내뿜는다. 몇 가닥 하얀 실 같은 연기는 머물지 않고 구불거리며 삽시간에 사라진다. 때때로 나경에게는 담배를 태우는 행위가 홀로 행하는 작은 제의처럼 느껴지는 순간이 있었다. 그건 그저 흡연자의 자기 합리화에 지나지 않는다고 수진은 딱 잘라 말할 테지만.

누렇게 변색된 플라스틱 환풍기 가장자리에 빼곡하게 붙어 있는 야광별 스티커를 세어본다. 서른다섯 개, 미리내의 나이보다 두 개 많고, 나경의 나이보다 하나가 적었다. 그녀도 여기 그을음과 군데군데 못 자국이 남아 있는 베란다에서, 먼지 낀 연통이 달린 오래된 보일러와 세탁기가 놓인 좁다란 독방 같은 이곳에서 가끔가다 담배를 태우곤 했을까. 날숨 섞인 연기를 내뿜곤 했을까. 세탁기에 허리를 기댄 채 쿠킹포일을 접어 되는 대로 만든 재떨이에 재를 떨며 나경은 서른셋의 미리내를 상상해본다.

왜 하필 여기에 붙였을까. 그 궁금증은 끝끝내 물음표로 남았다.

알게 된 후에는 그것을 모르던 예전의 자신으로 돌아갈 수 없게 돼버리는 일들이 있다. 아파트 수위로 일하던 아버지가 맨손으로 택배 상자를 나르다 무게를 이기지 못해 상자들을 우르르 길바닥 위로 쏟는 모습을 나경이 멀찍이서 목격했을 때처럼, 수진이 신부대기실 문을 걸어 잠그고 눈화장이 번지도록 우는 것을 아무 말도 못 하고 지켜봤을 때처럼, 법원 근처 카페에서 커피를 마시고 나와 반대 방향으로 걸어가는 필규의 서늘한 뒷모습을 마지막으로 돌아보았을 때처럼, 세 번째 유산 후 넋이 나간 사람처럼 밤낮없이 눈물만 흘리던 나경을 필규가 끌어안고, 제발 이제 우리 그만 잊자고 속삭였을 때처럼.

이미리내라는 이름을 알게 된 후 그 이름을 모르던 예전으로 돌아갈 수 없게 돼버렸다는 것을 나경은 잘 알았다. 서른세 개의 야광별이 뜬 베란다에 서서 조용히, 온전히 흩어지는 희뿌연 연기를 올려다봤다. 미리내가 은하수의 제주 방언이자 용이 사는 시내를 의미한다는 건 검색을 해보고 나서야 알았다. 나경은 또 한 번 미리내, 하고 불러보았다.

에세이

없는 것들이 있는 자리

술

밥

향

꽃

한동안 머릿속에서 맴돌던 단어들을 손바닥만 한 수첩에 옮겨 적는다. 술, 밥, 향, 꽃. 작게 소리 내어 읽어본다. 외마디의 네 단어가 공기 중에 쓸쓸하게 울린다. 쓸쓸한 것은 단어가 아니라 방에 갇혀 있는 공기일까. 당신은 괜스레 방 안을 둘러본다. 이 쓸쓸함은 단어와 단어 사이의 짧은 휴지 때문일지도 모른다. 술밥 향꽃. 한 단어인 것처럼 읽어보지만 쓸쓸하기는 마찬가지다. 어쩌자고 이 단어들이 당신에게로 왔을까. 어떻게 읽어도 쓸쓸해지고 마는, 보탤 것도 뺄 것도 없이 온전해 보이는 네 단어. 술, 밥, 향, 꽃. 당신은 이 외마디 단어들을 씨앗으로 삼아 이야기를 키워보고 싶다. 부질없는 일일까.

며칠, 그리고 몇 주. 시간은 잘도 흐른다.

흘러가는 시간 속에는 당신의 하루도 있다.

알람 소리에 눈을 뜬 당신은 가장 먼저 날씨를 확인한다. 핸드폰으로 날씨와 미세먼지 예보를 살펴본 다음 '코로나'를 검색한다. 확진자 수와 사망자 수, 확진 추이 그래프를 본다. 일별 확진자 수를 나타내는 들쑥날쑥한 막대그래프는 마치 고통의 파형 같다. 이 세계를 뒤흔들며 울려 퍼지고 있는 불협화음. 당신은 핏빛처럼 붉은 파형 속에 묻힌 수많은 이름과 그 이름들의 가족과 친구들, 그 이름이 아닌 다른 모든 이름, 이름 모를 작은 생명들을 상상해보곤 한다. 높이로 단순화된 막대그래프를 체감하기 위해서다. 연일 경신되는 숫자는 충격을 안겨주고, 숫자는 동시에 고통을 무뎌지게 만든다. 당신의 하루는 높이와 숫자, 가려진 이름들 속에서 무사하고 위태롭게 자리하고 있다.

거의 매일 당신은 산책에 나선다.

짧게는 20분, 길게는 한 시간 반 정도 천변을 산책한다. 당신은 천변을 오른편에, 자전거도로를 왼편에 두고 걷는다. 코스는 늘 같다. 그렇다고 풍경이 똑같은 건 아니다. 당신은 어제는 없던 풀이나 꽃, 오늘은 없는 설치물이나 현수막을 발견하는 것을 좋아한다. 매일의 풍경이 보여주는 어제와 다른 색과 형태를 알아차리는 일이 기쁘다. 다른 그림 찾기를 할 때처럼 어제와 오늘을 나란히 놓고 남몰래 동그라미를 친다. 꽤 즐거운 혼자만의 유희다. 천변에서 마주치는 낯모르는 누군가도 당신처럼 남몰래 동그라미를 치고 있을까. 그는 무엇을 발견해 동그라미를 칠까, 당신은 궁금하다. 천변에 가로놓인 다리 난간에 매달려 마사지하듯 종아리를 문지르는 사람들, 빠른 트로트 리듬에 맞춰 자전거 페달을 굴리는 사람들, 물가에 서서 자맥질하는 흰빰검둥오리를 지켜보는 사람들. 당신은 벤치에 앉아 잠시 숨을 고른다. 오가는 사람들을 바라본다. 그들에게 어제는 있고 오늘은 없는 것은 무엇일까. 혹은 그 반대의 것. 당신은 그 목록을 살짝 훔쳐보고 싶다.

당신은 매주 화, 목, 일요일에 쓰레기를 내놓는다.

산책을 마치고 집으로 돌아와 그간 쌓인 쓰레기를 정리한다. 전염병의 시대를 살게 된 이후로 당신이 만들어내는 쓰레기는 더 늘어난 것만 같다. 줄이려고 애쓰는데도 금세 쌓인다. 당신이 이 지구에 없을 훗날에도 당신이 썼던 모가 닳은 칫솔, 끊어진 머리끈, 깨진 머그잔은 땅속 어딘가에 묻혀 있을 것이다. 그렇게 썩지도 않고 남겨질 것들을 생각할 때마다 당신은 질끈 눈을 감는다. 이대로 정말 괜찮은 걸까. 물론 괜찮지 않다. 살아가는 일이 죄스럽다. 당신은 수거차가 다녀가기 전에 늦지 않게 쓰레기를 내놓기로 한다. 계단을 내려가는 동안 반투명한 비닐봉지에서 달그락달그락 앓는 소리가 난다.

당신은 빈 병이나 빈 상자를 잘 버리지 못한다.

대단한 물건들은 아니다. 잼이나 소스, 피클이

들어 있던 병, 차나 쿠키, 디퓨저가 담겨 있던 상자들이다. 당장은 쓸모가 없지만, 막상 버리려고 하면 아깝다는 생각이 든다. 그것들이 당신에게 소중했기 때문이라기보다는 소중해질 기회조차 갖지 못했기 때문이다. 금색이나 은색의 병뚜껑, 맑게 빛나는 유리, 아름다운 일러스트가 그려진 틴케이스와 단단한 마분지로 만들어진 상자. 버려지기에는 아직 이른 것 같다. 아까운 마음에 며칠, 때로는 몇 달을 방 한구석에 쌓아둔다. 그러다 어느 날 그것들 위에 뽀얗게 먼지가 내려앉은 것을 발견하면 퍼뜩 정신이 든다.

선뜻 버리지 못할 뿐 아예 버리지 못하는 것은 아니다. 먼지가 쌓인 빈 병과 빈 상자 중에서 이제는 좀 덜 아깝게 된 것들을 추려 분리배출을 한다. 그러고 나면, 아직은 아까운 것들이 방 한구석에 도로 남는다. 하루하루 당신의 생활은 바지런히 굴러가고, 빈 병과 빈 상자는 또 방 한구석에 쌓이고, 그것들을 보며 당신은 또다시 아까운 마음이 들고……. 알고 있다. 지금 버리나 나중에 버리나 어차피 버릴 것을 뭐 하러 쌓아두나. 공간 낭비다. 당신도 모르지 않는다.

좀 더 솔직해지기로 한다.

사실 당신은 빈 병과 빈 상자만 잘 못 버리는 것이 아니다. 책상 옆 서랍장 두 번째 칸에는 선물을 받거나 포장을 벗기고 생긴 색색의 리본과 노끈이 가지런히 말려 있고, 현관 신발장 옆에는 이런저런 사연으로 모이게 된 종이봉투와 비닐봉지가 크기별로 정리되어 있다. 옷장에는 오래되어 보풀이 심하게 일거나 이제는 즐겨 입지 않는 스웨터들이 있다. 그리고 찬장에는……. 본가에도 당신이 끝내 버리지 못해 두고 온 물건들이 있다. 차마 버릴 수 없었던 학창 시절 쪽지와 편지, 오래된 다이어리, 그동안 당신이 썼던 (스무 개쯤, 아니 더 될지도 모르는) 볼록렌즈 안경들.

이쯤 되면 병증일까. 당신은 자문한다. 그럼에도 분명히 말할 수 있는 것이 하나 있다. 지금의 당신은 예전보다 훨씬 과감하게 버릴 줄 안다. 버릴 수 있다. 놀랍게도 그렇다.

당신은 무엇이 그토록 아까운 걸까.

당신은 어린 시절 이사를 자주 다녔다.

이사를 앞두고 짐을 싸려고 장롱이나 서랍장, 선

반에서 살림살이를 죄다 꺼내놓으면 그것들은 낯선 모습으로 변해 있곤 했다. 평소보다 더 낡고 지저분하고 볼품없었다. 그것은 당신이 공들여 감춰두었던 치부가 일순간에 공개돼버리는 일이었다.

물건을 가져갈 것과 버릴 것으로 나누는 일이 당신은 무엇보다 괴로웠다. 대부분의 경우 모두 가지고 갈 수가 없어 버려야만 했기 때문이다. 당신은 오랫동안 모은 비디오테이프나 카세트테이프, 영화 잡지와 팸플릿을 버렸다. 아끼던 책을 헌책방에 팔았다. 짧은 한 시절과 그렇게 이별했다.

이사 갈 집으로 떠나기 전, 당신은 꼭 짐을 뺀 방들을 둘러보곤 했다. 텅 빈 공간을 바라보고 있으면 당신이 그곳에서 자고 먹고 가끔은 숨죽여 울기도 했었다는 사실이 거짓말처럼 느껴졌다. 당신의 실재했던 시간을 증명해주는 것은 가구로 가려져 있던 벽지와 드러나 있던 벽지의 차이였다. 같은 벽지인데도 확연히 알 수 있었다. 장롱이 있던 자리, 서랍장이 있던 자리, 책장이 있던 자리. 햇빛과 손때가 닿지 않은 좀 더 밝고 선명한 부분. 당신은 벽 앞으로 가서 그 환한 부분의 가장자리를 손바닥으로 쓸어보곤 했다. 당신은 똑똑히 기억한다. 그것은 어떤 색상표에서도 찾을 수 없는 색이었다. 없는 것, 부재하는 것, 상실한 것. 그것들의 색.

당신에게는 더는 대답을 들을 수 없는 이름들이 있다.

서서히 멀어졌거나 뒤돌아 떠났거나, 결코 돌아올 수 없을 이름들. 대답을 들을 수 없다고 부르지 않는 것은 아니다. 당신은 자주 그 이름들을 부른다. 묵독을 할 때처럼, 자신도 모르게 감탄사를 내뱉을 때처럼 호명한다. 그 이름들은 아무런 대답이 없지만 당신은 선명하게 듣는다. 고유한 말투. 희미한 미소, 가만가만한 고갯짓을 본다. 때때로 그 이름들이 당신의 일상에 불현듯 출몰하기도 한다. 한 줄기 바람이 당신의 머리칼을 흩어놓고 나뭇잎 사이로 유유히 빠져나갈 때, 잔물결 위 빛 조각 하나가 끈질기게 당신의 눈길을 따라와 반짝거릴 때, 그것들이 매단 투명한 이름표를 목격한다. 당신은 당신의 눈을 의심하지 않는다. 곧바로 알아차린다. 아니, 덮어놓고 믿어버린다. 해묵은 그리움과 간절한 기도가 다르지 않다고 당신은 믿는다.

너의 죽음을 소재로 삼지 않겠다.

2001년 여름, 당신은 일기장에 쓴다.

그로부터 21년이 흐른다.

1년, 2년, 3년…… 한 해 한 해 지날 때마다 당신은 그가 떠난 시간을 헤아리는 일이 당신을 겨냥한 욕설처럼 느껴진다. 당신의 외면적 삶은 그럭저럭 굴러간다. 쓸모 있는 사회의 일원이 되려고 부단히 노력한다. 사랑도 한다. 끝을 알고도 시작하는 사랑이다. 이별도 한다. 사랑만큼이나 서툴고 엉망진창이다. 청춘이 응당 해야 할 것들이라면 머리를 들이밀고 기웃거린다. 기웃거릴 뿐 어디에도 두 발을 담그지 못한다. 젖지 않은 발등을 내려다보며 당신은 실패, 또 실패, 하고 중얼거린다. 당신의 내면적 삶은 망가져간다. 안으로, 더 깊이 곪는다. 참을 수 없이 수치스러운 날이 찾아올 때면 더, 있는 힘껏 망가진다. 아주 망가져버리지 못해 부끄러워하고 그 부끄러움을 만회하기 위해 내일을 맞는다.

10년쯤 지난 뒤에야 당신은 깨닫는다. 8년, 9년, 10년……. 그것은 당신을 겨냥한 욕설이 아니다. 애초부터 욕설 비슷한 것도 아니었다. 그것은 시간. 어김없이 흘러가는, 고통마저 잊게 하는 야속하고 살가운 시간일

뿐이다.

21년.

당신의 다짐은 여전히 유효하다.

당신은 주어에 대해 생각한다.

모니터 가까이 얼굴을 들이밀고 지금까지 쓴 것을 훑어본다. 주어를 '나'로 되돌릴까. 주어가 '나'가 되면 이 글은 더 진실해질까. 당신이 묻는다. 글쎄. 당신 안에 또 다른 목소리가 대답한다. 고개를 가로젓는다. 당신은 이 글에서만큼은 주어 '나'가 없기를 바랐다. 주어 '나'가 없는 자리에 주어 '당신'이 있었으면 했다. 그래서 결국 이 글 속의 주어 '당신'은 사라지고, 읽고 있는 '당신'이 그 자리를 대신하기를 바랐다. 어쩌면 읽고 있는 '당신'이 이 글을 처음부터 다시 쓰게 될지도 모른다. 나의 주어 '당신'이 없는 자리를 당신의 주어 '나'가 채울지도 모른다. 일이 정말 그렇게 될지도 모르고, 그렇게 될지도 모른다는 것만큼 기대와 낙담이 최상의 비율로 버무려진 가정은 없다.

그렇게 '나-당신' '당신-나'는 만나게 될까.

•
•
•
•

나는 수첩에 적힌 외마디 단어들 위에 검은 펜으로 동그라미를 그려 넣는다. 봄이 오면 뿌리려고 하얀 종이에 고이 싸놓은 작은 씨앗들 같다. 까맣게 지워졌어도, 아니 까맣게 말랐어도 당신은 이제 안다. 씨앗들이 품고 있는 소리를, 하나하나의 이름을. 이 씨앗들을 당신에게 나누어주고 싶다. 씨앗들은 당신에게로 가서 어떤 이야기로 자랄까. 부디, 당신과 당신의 이야기가 무탈했으면, 덜 쓸쓸했으면 좋겠다.

씨앗들은 이제 내게 없고 당신 손바닥 위에 놓여 있다. 부질없는 일일까.

과연 시간은 잘도 흘러갈 것이다.

해설

재생되는 사랑, 재생하는 이야기

—김보경(문학평론가)

안윤의 세 소설에서 빠짐없이 등장하는 것이 있다면 그것은 음식에 관한 디테일이다. 고사리와 토란대, 대파를 넣어 칼칼하게 끓인 육개장, 미역국, 시금치무침과 콩나물무침, 들기름을 둘러 넓적하게 구운 두부, 애호박전, 찹쌀떡과 절편, 딸기.(「달밤」) 봄나물과 냉이된장국, 쑥튀김, 두릅, 삼계탕과 콩국수, 평양냉면, 삼치구이, 대하찜, 그리고 단호박죽과 초고추장을 곁들인 해초 세 가지, 전복회, 멍게회, 굴무침과 여러 채소와 함께 차려져 나오는 방어회.(「방어가 제철」) 고구마 깻잎전, 팽이버섯전, 꼬들꼬들한 현미밥에 막장을 비벼 부친 전

등.(「만화경」) 소설에 등장하는 음식 목록만 해도 이처럼 다채롭다. 소설에는 재료를 씻고 손질하고 불리거나 볶는 등 조리하는 과정까지 상세하게 묘사된다. 소설을 읽다 보면 어느새 미각, 후각, 시각 등 여러 감각을 통해 음식을 맛보듯 감각적 자극을 받고 있는 자기 자신을 확인할 수 있을지 모른다. 음식 묘사에 들이는 작가의 각별한 관찰력과 애정은 단지 디테일에 대한 천착을 보여주는 것만이 아니라 안윤의 소설을 감싸는 특유의 훈기를 만들어내고 소설의 주제 의식과도 긴밀히 연결된다.

예컨대 「달밤」은 화자가 소애의 생일상을 차리는 장면으로 시작해, 은주의 제사상을 차리는 장면으로 끝난다. 일반적으로 생일과 제사 사이의 거리는 탄생과 죽음, 축하와 애도, 기쁨과 슬픔 사이의 거리만큼 아득하다. 하지만 이 소설에서 생일상과 제사상 사이의 거리는 멀지 않다. 이는 소애의 생일과 은주의 기일이 같은 날이라는 소설상의 설정 때문만은 아니다. 화자가 소애나 죽은 은주를 위해 음식을 준비하는 일은 자신이 기다리는 누군가를 향한 정성 어린 마음과 사랑을 표현하는 일이나 다름없기 때문이다. 소애가 생일날 집에서 끓인 육개장을 먹고 싶다는 말에 화자는 며칠 전부터 생일상을 어떻게 차릴지 분주한 마음으로 식재료를 고르고 식사를 준비하며, "인생 마지막 과제인 것처럼 정성을 다해서 요리"(16쪽)한다. 이러한 과정은 소애가 식사를 마치고 잠든 후 화자가 소애와 먹었던 상을 정리하고 육개장과 미역국을 데워 깨끗한 접시에 음식을 다시 담아 은주라는 "한 사람을 위한 상을 정성을 다해 차"(28쪽)리면서 또 한 번 반복된다.

화자와 소애, 은주는 셋이 함께 만난 적이 없다. 그렇지만 은주는 화자의 이야기만 듣고도 화자와 소애의 닮은 면을 알아차린 적이 있다. 화자는 은주와 소애가 만났다면 서로에게 분명 이끌렸을 것이라 생각하기도 한다. 세 여자의 이러한 애정 관계는 은주와 화자의 관계가 화자와 소애의 관계로 유사하게 반복되는 형태로 이루어져 있다. 화자와 은주는 돈이 없어 밥 먹자는 말도 잘 꺼내지 못하던 대학 시절을 함께 보냈다. 졸업 후 은주는 희곡이나 시나리오를 써서 돈을 벌면 화자에게 꼭 밥이나 술을 사주며 화자의 몸과 마음을 돌봐주었다. 그럴 때마다 은주가 화자에게 건넸던 말은 현재 화자가 소애에게 가장 자주 건네는 말이 되었다. "아프지 마. 안 아픈 게 최고야"(13쪽)라는 말. 음악을 하고 싶어 하지만 밥벌이를 위해 새벽까지 고된 아르바이트를 병행하는 소애를 위해 화자는 잠시 머물 곳이 필요하다는 소애에게 거리낌 없이 집을 내어주고 생일상을 차려왔다. 은주가 화자가 시 쓰기를 포기하지 않기를 바랐듯 화자는 소애의 노래를 들으며 그가 노래를 해야 하는 사람이라고 생각한다. 그렇게 은주와 화자의 사랑은 화자와 소애의 사랑 안에서 재생됨으로써 사라지지 않는다.

이 재생은 화자가 느끼는 사랑의 대상이 은주에서 소애로 옮겨갔다는 의미가 아니라, 두 사랑 모두 보존되는 방식으로 은주와의 관계가 소애와의 관계에서 재생된다는 의미이다. 안윤의 소설에서 재생은 똑같은 것의 반복으로서의 재생이 아니라 차이를 만드는 반복이다. 가령 은주의 장례식장에서 화자가 먹었던 미지근한 육개장은 소애의 생일상에 차려지는 육개장 그리고 은주의 제사상에 차려지는 육개장으로 반복되어 나타난다. 먼저 은주의 장례식장에서 이 미지근한 육개장에 대한 기억은 "옆자리에서 언니를 두고 이러쿵저러쿵 떠드는 말들이 들려오는데, 하나같이 정확한 사실은 없고, 무례하기 짝이 없어서, 가서 면전에 소주를 뿌리고 싶은 걸 참고만 있었잖아요. 분명했던 건, 그 자리에 있는 어느 누구도 언니에 대해 정확히 알지 못했다는 거예요. 나조차도요."(30쪽)와 같은 대목에서 암시되듯 은주에 대한 사람들의 몰이해와 무례에서 비롯하는 분노와 씁쓸함의 감각과 얽혀 있다. 직접적으로 나타나지는 않지만 이는 은주가 레즈비언으로 암시된다는 점에서 퀴어의 죽음에 대해 그 죽음을 퀴어성과 무관한 것으로 서사화하는 몰이해와 무례에 해당하는 것이기도 하다. 화자는 은주의 삶을 왜곡하거나 단순화함으로써 육체적 죽음 이후 그의 삶을 상징적으로 한 번 더 사라지게 만드는 현실에 저항하며, 그의 삶을 거듭 이해하고 기억하고자 한다. 「달밤」에서 이러한 노력은 음식을 만들고 먹는 구체적인 행위를 통해 나타난다. 화자가 소애가 먹고 싶어 하는 육개장을 생일상으로 차리고, 은주의 제사상에 육개장을 차리는 행위는 소애나 은주가 온전히 자기 자신으로 자리할 수 있는 공간을 마련하는 시도나 다름없다. 여기서 화자가 차리는 육개장은 은주의 장례식장에서의 육개장과는 다른 감각과 기억을 환기하는 음식으로 변화하게 된다. 이 음식을 통해 소애는 삶을 계속 살아갈 힘을 얻는다. 또한 은주는 화자에게 "언니가 스스로 없기를 원했는데 살아 있는 나는 뭘 할 수 있을까"(30쪽)라는 질문을 삶의 숙제처럼 남겼지만, 화자는 "살아서 기억해. 네 몫의 삶이 실은 다른 삶의 여분이라는 걸 똑똑히 기억해"라는 마음으로 은주를 기억하고, 소애에게 "태어난 거. 살아온 거. 살아 있는"(26쪽) 걸 축하하는 마음을 표현하게 된다.「달밤」에서 은주를 되살리는 이야기는 결국 소애와 나를 살리는 이야기로 뫼비우스의 띠처럼 얽혀 있다.

「방어가 제철」에서도 죽은 누군가에 대한 기억을 안고 "다른 삶의 여분"을 살아가는 인물들이 등장한다. 죽은 재영과 그의 동생인 화자, 재영의 친구인 정오는 재영과 정오가 고등학생 때 친해지며 가까워졌다. 셋은 집에서 만든 샌드위치를 나눠 먹고, 재영과 정오가 본 영화나 책을 공유하며 일종의 취향 공동체를 일구어갔다["그 시절 내가 받아들였던 모든 활자, 영상, 소리가 나의 대부분을 구성하고 있었지만 당시에는 알지 못했다."(47쪽)]. 이들이 서로에게 끌린 것은 "아버지 없는 아이들"이라는 점 때문일 수 있다고 명시되기도 하지만, 이는 아버지의 부재를 근본적인 상처로 경험했다는 의미라기보다는 어머니가 일하러 나가야 했기에 이들이 자연스럽게 집에서 모여 함께 시간을 공유하고 외로움을 나누었다는 의미에 가깝다. 셋의 관계는 재영과 정오가 대학에 진학하며 점차 소원해지고, 재영이 건설 현장에서 아르바이트 중 사고로 죽어 와해된다. 특히 재영의 죽음은 화자에게 죄책감을 안기며 더욱 깊은 상처로 새겨진다. 재영이 휴학하고 아르바이트를 했던 것은 엄마의 반대를 무릅쓰고 미대에 진학하고 싶어 하는 자신의 학원비를 마련하는 데 보탬이 되기 위해서였다고 생각하기 때문이다. 재영의 죽음으로 미대에 진학하고 싶은 마음이 사라진 화자는 꿈을 접고, 정오 역시 그의 갑작스러운 죽음을 받아들이지 못한 듯 연락이 끊긴다.

화자와 정오가 다시 만나는 것은 화자의 엄마가 죽은 이후 서로 연락이 닿게 되면서부터다. 어릴 적 재영과 셋이 집에서 모일 때면 샌드위치나 라면을 수없이 먹었던 것처럼, 다시 만난 화자와 정오는 일종의 의례처럼 계절마다 만나 함께 식사를 한다. 처음 재회했을 때 화자는 방어를 먹고 싶다고 하고, 이후 정오와 화자는 겨울철이면 횟집에 간다. 정오는 계절이 바뀌는 시기마다 화자를 데리고 제철 음식을 파는 식당에 간다. 3년간

이어지던 이러한 의례는 「달밤」에서 은주의 제사상을 차리던 과정처럼, 두 인물이 재영의 죽음을 받아들이고 재영과의 기억을 되살리는 과정으로 그려진다. 화자는 재영의 죽음 이후 연락이 끊긴 정오에 대한 미움과 원망에 휩싸이기도 했지만 사실 정오를, 정확히는 "우리 셋의 증인 중 한 사람이자 나의 정오였던 그"(69쪽)를 그리워했다는 것을 안다. 각자의 삶에 묻어두었던 재영에 대한 기억은 이 의례를 통해 되살아나고, 둘은 재영의 죽음을 받아들이는 법을 천천히 익혀간다. 이때 재영의 죽음을 받아들인다는 것은 재영의 죽음이 남긴 상처를 잊고 살아간다는 의미가 아니라 그 상처를 외면하지 않고 재영을 기억하며 그를 자기 존재의 일부로 느끼며 삶을 살아가게 된다는 의미다. 혼자였다면 할 수 없었을 이러한 애도는 화자와 정오 두 사람이 함께 시간을 보내고 밥을 나누어 먹는 일상적인 의례를 통해 가능해진다.

소설 후반부에 화자는 정오에게 재영과 정오가 연인 사이였다는 것을 알고 있었음을 고백한다. 재영의 죽음은 「달밤」에서 은주의 죽음과 비슷한 맥락에서 이해해볼 수 있다. 「달밤」의 화자나 「방어가 제철」의 화자, 정오에게 죽은 은주나 재영에 대한 애도가 왜 이토록 완수되기 어려운지, 왜 이들에 대한 애도가 공식적인 장례와 같은 의례가 아닌 사적이고 일상적인 방식으로 이루어졌는지 생각해보게 된다. 이 소설들은 퀴어의 죽음을 퀴어의 죽음으로 기억되기 어렵게 하는 현실을, 어느 퀴어의 죽음도 단일하고 단순하게 서사화될 수 없다는 점을 환기한다. 그렇기에 이들의 삶과 죽음에 대해 거듭 이야기를 이어나가며 완수되지 않는 애도를 수행하는 인물들을 보여주는 것이다. 3년간의 의례가 끝난 후 화자와 정오는 더 이상 만나지 않게 되지만, 방어가 제철일 때면 화자의 기억 속에서 이 셋의 이야기는 재생된다. 어릴 적 어느 무더운 여름날 서로의 이름을 쓰며 서로의 얼굴을 말없이 바라보던 찰나의 아름답고 에로틱한 장면을. 이 장면 안에서 세 명은 "낮처럼 밝고 그늘 없이 살라"(72쪽)는 정오의 이름이 지닌 뜻처럼 눈부시게 빛난다.

「만화경」을 읽으면 반드시 사적인 기억이나 친분을 공유하지 않더라도 누군가를 자기 일부로 느끼고 살아가는 애도가 어떻게 가능한지 생각해보게 된다. 우선 이 소설의 초점 화자인 나경은 세 번째 유산으로 이혼 후 불면증에 시달리며 무감각한 일상을 살아가는 인물이다. 나경은 전세로 들어간 집에서 입주 첫날부터 집주인 숙분에 대한 불만이 쌓여간다. 외출할 때마다 숙분이 내려다본다든지, 대답 없이 자신의 얼굴을 빤히 쳐다본다든지, 버리려고 하는 헌 옷을 챙겨 간다든지 등 지나치게 감시하는 듯해서 불편함을 느끼며 무리해서라도 다른 곳으로 이사 가겠다고 다짐하기도 한다. 그런데 소설 중후반부에 이르면 이러한 숙분의 행동의 이유가 드러난다. 과거에 그 빌라에 혼자 살던 한 젊은 여성 세입자가 고독사했던 것이다. 숙분은 이 세입자에게 전화해도 응답이 없어 신고했다가, 그가 죽어 있는 것을 발견했다. 그는 연고자가 없어 유품 정리도 숙분이 도맡고 공영장례에 참여했다. 또한 그 세입자가 살던 안방에서 조촐한 제사상을 마련해 빌라의 다른 세입자들 일부와 함께 사십구재를 지냈다. 당시 이러한 행동에 다른 사람들은 의아한 시선을 보내기도 했지만, 숙분은 그를 혼자 가게 한 것에 대한 미안함에 그의 죽음을 수습하는 일에 나서지 않을 수 없었다고 말한다. 숙분이 나경에게 과해 보이는 행동을 했던 것도 이러한 경험의 영향으로 누군가가 혼자 죽게 내버려지지 않게 하기 위한 마음 때문이었다는 사실이 밝혀진다.

이러한 사정이 드러나는 과정은, 숙분의 오랜 친구 단심이 빌라에 입주하며 나경을 포함한 세입자들이 서로에게 조금씩 곁을 공유하는 과정과 겹쳐 그려진다. 단심은 전 세입자의 죽음이 결정적인 계기가 되어 숙분네 빌라에 들어온다. 단심은 여러 식물들을 집 안팎으로 들이고, 숙분을 포함해 근처 노인들이 모여 수다를 떨 수 있는 장소를 만든다. 단심이 음식을 돌리며 세입자들 간의 교류가 이루어진다. 단심의 음식을 받은 이들은 답례의 표현으로 자기가 가진 것을 단심에게 나누어주다가 서로의 존재를 인식하게 된다.

이렇게 함께 차를 마시거나 부드럽고 따뜻한 간식을 나눠 먹는 등 소소한 나눔과 증여의 장면들은 이 소설에서 그저 부차적이거나 불필요한 장면 묘사에 해당되지 않는다. 이러한 경험이 축적되었기 때문에 이 인물들은 빌라에서 또 다른 사고가 발생했을 때 과거의 실수를 반복하지 않을 수 있게 되기 때문이다. 하루는 숙분이 자기 집 화장실 전등불이 나가 전구를 갈기 위해 의자에 올라갔다가 넘어지고, 숙분과 연락이 닿지 않자 단심과 나경은 서둘러 신고한다. 결국 이러한 발

빠른 대처로 숙분은 무사히 수술받는다. 전 세입자의 경우와 달리 숙분은 단심과 나경의 도움으로 죽을 뻔한 위기를 넘긴다. 전 세입자의 돌연한 죽음에 관한 이야기는, 이처럼 소설 후반부에는 누군가를 혼자 죽게 내버려두지 않겠다는 결연함이 다른 누군가를 살리는 이야기로 전환된다. 「만화경」에서 이 결연함은 돌발적이거나 예외적인 의지의 표현이라기보다는 함께 시간을 보내고 서로에게 기꺼이 무언가를 내어주며 서로를 돌본 시간이 빚어낸 태도다.

「만화경」 말미에서 나경은 전 세입자가 붙여놓았을, 구형 환풍기에 붙은 야광별 스티커를 보며 전 세입자의 "이름을 모르던 예전으로 돌아갈 수 없게 돼버렸다는 것"(116쪽)을 깨닫는다. 그 이름은 이미리내로, 미리내는 은하수의 제주 방언이자 용이 사는 시내를 뜻한다. 공교롭게도 세 소설 모두 빛에 관한 장면으로 끝이 난다. 「달밤」의 화자가 은주를 생각하며 올려다본 달, 「방어가 제철」의 화자 기억 속 정오, 재영과의 바래지 않는 눈부신 장면, 「만화경」의 화자가 야광별 스티커를 보며 떠올리는 미리내(은하수). 이 각각의 광원에서 흐르는 빛은 과거와 현재, 죽음과 삶의 심연을 건너

지금 이 자리를 비추며, 누군가를 계속 살아가게 한다.

안윤의 소설은 그렇게 어떤 애도의 기록은 재생의 기록이 될 수 있다는 것을 보여준다.

트리플 14

방어가 제철

초판 1쇄 인쇄일 2022년 8월 16일
초판 1쇄 발행일 2022년 9월 1일

지은이 · 안윤

펴낸이 · 정은영
편집 · 정수향 김정은
마케팅 · 최금순 오세미 공태희
제작 · 홍동근
펴낸곳 · (주)자음과모음
출판등록 · 2001년 11월 28일
제2001-000259호
주소 · 경기도 파주시 회동길 325-20
전화 · 편집부 02) 324-2347
경영지원부 02) 325-6047
팩스 · 편집부 02) 324-2348
경영지원부 02) 2648-1311
이메일 · munhak@jamobook.com

ISBN 978-89-544-4844-4 (04810)
978-89-544-4632-7 (세트)